思潮社

I

II

跋

わたしの京都

I

司会をする山田英子（1995年、於ホテル日航）

普通の人々

「きのう子供連れてギョエンに行ったの」と話し始める女がいる。

「ギョエンってもう桜咲いてるの?」

と聞く女がいる。

「ギョエン……?」黙って聞いていたわたしは一瞬とまどいを感じていた。

ギョエンは「京都御苑」のことであり、たしかに、御所の門の前にはそう書かれた標識もある。けれども、ギョエンという音も響きも美しくはなく、奇異に感じるのはわたしばかりではないだろう。京都御所、大宮御所、仙洞御所、さらに京都迎賓館の景観も含めた広大な庭園全体を、京都人はむかしから、ゴショと言い習わしているのである。

場所は京都中京の真ん中にある、六角堂に隣接するビル九階、スポーツクラブの化粧室けん脱衣室でのことである。わたしは五、六年前からこのプールへ通っているが、初期のころは、近くに住んでいる京都人が多く来ていて、のんびりした京ことばがよく聞けたものである。けれども、いまはこの場所にも、共通語的な言葉がまんえんし始めているのだ。

京都の町なかには、急速に中高層マンションが数多く建ち、京都のへそ六角堂でさえ、いくつかのマンションにとり囲まれている。それは言葉とも無関係ではないだろう。

「今日は幼稚園のお迎えがあるから駄目だけど、明日は一緒にランチしましょうね」

と言ったかと思うと、インターネットで調べたらしい町家レストランの名が、立て続けに彼女らの口をついて出てくるのだった。和食あり、フレンチあり、イタリアンあり。このなかには、わたしの住処付近の町家レストランも含まれていた。

利便性を求めて、多くの町家が破壊されていったなかで、いまは居住とは別の利用法が盛んである。わたしも興味があり、たまに町家レストランを訪れることもある。たとえば町家の庭と外観はそのまま保ち、中をすっかり土間にした家、畳の上に絨毯をしいてテーブルを並べる家、じかに座らせる家と様々。経営も様々なので、和食といっても京料理がでてくるとは限らない。

「これ大根のタイタンです」と女の人がいうので、何料理かと思ったら、京都で俗にいう「炊いたん」の意味だった。アクセントが尻あがりで外国語のように聞こえたけれど。

ある男性から聞いたことを思い出した。
「最近は、町家を借りて店を開きさえしたら、必ず流行る世の中やから」と。
「町家に住んでいるものには、あんまり珍しいこともあらへんけどねえ」との声も。

先ほどから「黙って聞いている」と書いたのにはわけがある。わたしは口数の少ない方ではないけれども、このスポーツクラブの中では故意に、なれなれしく人と交わらず、話の中にも入らず孤独に過ごしているからだ。

裸にバスタオルを巻いた姿で鏡の前に座り念入りに髪を乾かし、こった化粧を施しながら、えんえんと話に夢中の女たち三、四人。彼女たちは、朝からスタジオでエアロビクスをし、プールではアクアビクス、さらに、ランチの後はフラダンスも楽しむという。

それにくらべて、わたしは午前中プールで二十分ばかりクロールと平泳ぎ、バタフライをした後は、バスタブにもつからずシャワーだけで、洗い髪も生乾き、化粧も早々に済ませて昼までには帰るので、滞在時間は短い。けれどもその間に聞く話の数は驚くばかり。

「それアルちゃんでしょう?」というのは多分アルマーニのことだろう。
「今年のセリーヌのバッグ、パープルが素敵ね」……様々なブランドの話とともに、彼女たちの口から度々、ラグジュアリーという言葉が飛び出し、にぎやかに続いていく。

過去に聞いた話から、わたしは何となく理解している。彼女たちが東京から京都の商家に嫁いできて、年を経ていることを。

「パーティーには黒のドレスで行ったの。黒といったって、ルミナリエみたいにキラキラしてるから、お年寄りには嫌われるのよ。でも若い人には評判いいんだから」

そう言いながら、彼女が町家の格子戸の前で、京都ブランドの、あかぬけた友禅の新作着物を着こなし、撮影されていることを。

「祇園祭って、京都の人は何であんなに興奮するんでしょうねえ。サウナみたいに、もう暑くて暑くて、気が変になりそうなのに」

「大文字だってそうでしょう。あんなもの毎年見る気なんかしないわよ」

彼女たちは、近くに座っているわたしを、意識しているはずだ。声だけでしか判別できない女たちに、わたしの内なる心理は、ぐさりと傷つけられていく。

「あの人らは二時間も、平気で鏡の前を占領して、しゃべらはるのやさかいに」

と聞いたことがあるので、せめて当てつけに、鏡の前の椅子から立ち上がろうとした。そのとき、話題はすでに変っていたのだ。

「こんど東京に帰るとき、何おみやげに持って行く？」と一人が尋ねている。

「季節の野菜や果物が、薄味の蕪で巻いてあるのなんか、見目もよくておいしいわよ」と、答える人がいる。

いつもより少し丁寧に口紅を塗りながら、わたしは情報を得るため、聞き耳を立てた。彼女たちは、わたしも知らない漬物屋の住所や、新しく店を出したパティシエの名を、実によく知っているのだった。

どうやら甘い和菓子よりも、京都の漬物が喜ばれているらしい。そういえば、横浜住いの娘が言っていた。おいしい漬物は、どこを探しても売っていないとか。

余談であるが、最近、娘が連れてきた四歳の男の子が話す言葉にも、わたしは違和感をおぼえた。せっかく京都に来たのだからと、くみあげ湯葉のあんかけや、生麩の煮物などをテーブルにのせたところ、男の子がそっけなく言うのだった。「ソレイイ・ラ・ナイ」

関東なまりのイントネーションを聞くと、こずら憎いだけでなく複雑な思いがした。

その夜、眠る前の彼に、「おやすみやす」という優しい京ことばを、わたしは教えた。


ロッカーの前では、下着姿のままで、年配の女同士が話し合っている。

「商売手伝うてたときは、いつも笑顔で、きちんと着物きてんなりませんやろう。いまはもう気楽なもんですわ」

「朝からこんなとこへ来るやなんて、むかしは考えられしませんでしたのにねえ」

「今度の旅行はどこお行きやすの？」

「パシフィックビーナスの船旅なんか、ええなあ思うてますのやけど、ちょっと長すぎますやろか、思案してるとこですわ」

この夫人たちは、室町あたりに町家をもちながら、デパートのある四条通近くの、便利なマンションに移り住んでいるのである。

「晩ごはんは七時すんでからにしたら、デパートのお惣菜が安うなるし、よろしいえ」

笑いながらいう。それから、少し声を落として話す言葉が聞こえてきた。

「このごろのお嫁さんは、「おおきに」という言葉を知らはらへん。物をあげても息子の方が気い使うて、後で電話してくるのえ。ほんまに、お尻に敷かれてしもてからに」

「わたしら何を頂いても、その場で「おおきに」いうて、次に会うたら改めて、お礼いうように教えられたもんやのにねえ」

このあたりで、わたしはすっかり身支度を終え、ほてった顔してこの部屋を退散する。

「おきばりやす」と言うのが、これからジムやプールへ行く人への挨拶になっている。わたしはあまり使わない言葉だけれど。

『源氏物語』も、光源氏が亡くなって後の「宇治十帖」ともなれば、夢のような王朝の輝きも失せて、普通の人々が登場してくる。

浮舟は貴族の八の宮を父とし、宮に仕えた中将の君を母として生まれた。八の宮の死後母は浮舟を連れ子にして、受領の常陸守（東国なまりで品はないが財力がある）の後妻となり遠い東国を巡った後、京へ帰ってきた。

高貴で美しく成人した浮舟を、何とかよい人と結婚させようと母は考えている。そこで左近の少将を婿に選んで、仲人を立てた。

少将「最初から、あの娘さんが常陸守の実の娘やないなんて、一言も聞いてへんやないか。これくらいの家に婿として出入りするのは、世間の聞こえもええことはないけど、先方が大事にして世話やいてくれるのやったらそれでもええ。そやけど、継娘に婿入りするのだけは、なんとも肩身が狭いことや」
仲人「わたしは詳しいことは存じまへん。そやけど勿体ないほど品がようて、顔も心もええ娘さんやし、お母さんがあんたさんに、渡りをつけてほしいと言わはりましたんや」
少将「常陸守は財力盛んやし、後ろ楯になってもらいたいと思うて話にのったんや。品がようて顔がきれいな女がほしかったら、いくらでも手に入る。そやけど、落ちぶれて貧しい暮らしやのに、風流を好む人のなれの果ては、みすぼらしいて世間でも一人前に扱うてもらわれへん。少々人に悪口言われても、わたしは楽しい暮らしがしたいのんや」

仲人「あんたさんが本気で守の実の娘さんをお望みでしたら、まだ年が若うおすけど、守にお取り次ぎさしてもらいまひょう」

（『源氏物語』「東屋」の巻より）

平安貴族の時代も終末、あからさまな普通の人々の会話を、京ことばで表してみた。

ふたたび京町家から

　エッセイ集『べんがら格子の向こう側——京都町なか草子』が出たので、最初に身近な人たちに送ったところ、小学生のころの原体験がよみがえったという従兄から、「この本には書かれていませんが」と、わたしの知らなかった情報がもたらされた。

　生家の奥座敷の畳を上げると、十畳の床板がすべて漆塗りになっていたことを、従兄は鮮明に覚えていたのだった。

「これが京のみやびというものか……」と、丹波から訪れた少年は圧倒されたという。けれども、わたしはそれを見た覚えがない。奥座敷の畳の上には、分厚い段通が敷かれ、さらに、大きな紫檀の座敷机が置かれていた。

そういえば、むかし衛生掃除の名のもとに、年一回地域ぐるみの大掃除をする日があった。京大の学生アルバイトを雇っていたが、奥座敷の畳を上げ外まで持ち運んだ彼らが、何かしらに驚いていたときいたことがある。

彼らは見たのだろう。畳の下に隠されていた漆塗りの床板を。夕方には、がんばってくれた彼らをねぎらい、母はすき焼きをご馳走した。わたしもその準備を手伝っていたが、奥座敷の床板の話にはふれもしなかった。見えないところに凝った贅沢をするのが京都人というけれど、幼いころに死別した父はともかく母までが、家のことをことさら娘に説明することはないのだった。二十二年間も暮らした生家の構造について、深く知ろうともしなかったわたし。容易に出入りしにくい今になって思えば、謎だらけのような気がしてくる。

何事にも控えめであった母は、自身のことについて、少しでも自慢話になるようなことは語らなかった。これも従兄からきいた話であるが、丹波の蔵の中には京都府立高等女学校時代の母の成績表がしまわれていて、一番で卒業したことが示されているというのだ。

そんなことは冗談にも、生前の母の口から聞いたことがない。もしもわたしがそうなら、きっと子どもたちには、何度もくりかえし言っただろう。

「おかあさんは一番やったんやから、あんたらもがんばりなさいよ」とかなんとか。

母は自身のことに謙遜するばかりでなく、生んだ子どものことにまで謙遜して、他人の前でけなすので、わたしは、いいかげんにしてほしいと常々思っていたものだ。

そのくせ、母は自分の思い通りに三人の娘を、生家から比較的近い家に嫁がせることに成功している。市内地図でみれば、その位置関係が京都の中心部で、およそ正三角形になっているのに気づいた姉妹は、いまさらながら母の陰謀に苦笑し合ったのである。

奥庭の向こう、離れの二階には幽霊が出るという噂は、そこに寝泊まりしていた女中さんが言い出したときいている。どんな事情があったのかわからないが、子どものころは夜ごと、庭先に面した廊下の奥にあるトイレにいくのがこわかった。庭には「牡丹灯記」の棺が置かれているような気がして。

ところが、おとなになってからは、ふっと離れの二階で過ごしたくなることがあった。かすかに金粉が散らばる階下から、階段を上るだけで、きしむような音がする。離れは母屋よりも古い時代の建物だときいていた。

だれが嫁入りに持ってきたのか、横たわる古びた長持ちの中には何が入っているのか。だれが奏でたのか、立てかけられている琴。豪華な衣装をまとい、目隠しされた人形が、暗闇にひっそりと座っている大きな木箱。

そこには引きこまれるようで離れがたい、梅鼠色の時が流れているのだった。おしなべて京町家の奥庭は、郊外の家の庭のように広くはなく、日当たりも悪い。けれども、苔の上に大小の庭石、丈高い御影石灯籠が配され、年を経た松や楓、もっこく、まきのき、椿などの樹木が繁っている。

小学校四年ごろに生まれた甥（姉の子）を、わたしはとても愛していたが、六歳で亡くなったその子が四つ身の着物姿で、ひょっこり灯籠の前に立っているのをかいま見た。兄が若死にした後、相続の関係でしばらく生家には人がだれも住まない時期があった。風を入れるために訪れたわたしは、予想に反して庭が生き生きしているのに驚いた。

いまは空っぽの家
変化のものらは饗宴しているだろう
ほの暗い座敷の障子を開けると
奥庭にまぶしい新緑
かえって生命力を増した
樹木がわがもの顔に繁茂し
飛び石ばかりか灯籠も覆い隠す勢い

「手水鉢の下に水琴窟が埋まってますえ」
緑の底から遠い人の声がきこえる

この日わたしは、生家から父の犬を略奪して帰った。体長二十センチほどの英国製磁器の犬である。詳しく言えば、ロイヤルダルトン製ワイヤーヘヤードフォックステリアだ。むかし、父が好んで収集していた美術品の中でも、幼いころから親んでいて、わたしには殊に思い入れの深い犬だった。
ほとんどすべての飾り物が姿を消している中で、どうしてこの犬だけが残されていたのだろうか？　まるでわたしを待っていたかのように黒い尻尾を立て、茶色い首をのばして。

記憶の飾り棚には
父が集めた犬たちが並んでいる
だれに似てる?と問われて
幼いわたしは迷わず指さした
父にワイヤーヘヤードフォックステリア
すこし迷いながら母にはブルドッグを

そのとき笑った父の顔は
たしかにこの犬の顔だった

すでにアンティークになっている磁器の犬を、お風呂に入れるようにして清め、わたしのコレクションボードの最下段におさめた。実はそこにもう一つ、生家からもらってきた犬の置物があるのだ。併走する精悍な二頭のボルゾイである。わたしが集めた現代のフィギュリンたちに比べ、彼らは手作りの不思議な愛らしさを醸し出してくれる。

ちなみに、このボードの最上段には、夫の両親が集めた五体の能人形たちが異界の物語を伝えている。中二段にはドレスアップしてポーズとる異国の人形たち、小さなピーターラビットやパディントンベアにいたるまで、ボードの中は混沌とした世界である。

エッセイ集の中に、大文字を見る「火の見」について書いた。そのときわたしは、火の見に上がる梯子段が壁にそって「ほぼ垂直に作り付けられている」と書いている。

杉本秀太郎氏は、わたしのエッセイの最初の読者であり、校正原稿を一夜で読んで下さり、「火の見もあの通りですよ。ただ梯子段は少し傾いていたと思うけど」と言われたが、あの巨大な町家は特別なのだろうと思った。ところが、後になって姉に確かめたところ、やはり梯子段は半畳ほどの傾きがあったと言うのだ。子どものころの印象に固執してはいけないと、今になって思う。

それにしても、京都人でも「火の見」を知らない人が多いことがわかった。ある時代のごく限られた地域の、限られた町家に火の見が存在していたのであった。

「杉本家の火の見なら、さぞかし広かったでしょうね」とわたしは言った。

「二畳敷きぐらいのものですよ」と杉本氏は答えられた。火の見だけはあまり変わらないのだろうかと、わたしは意外に思った。

同じ京町家といっても、比べようもなく大きな町家が、京都下京に現存しているのだ。

京都市指定有形文化財となっている杉本家は、京町家としては市内で最大の規模である。もともとは寛保三年（一七四三）創業の、京呉服を仕入れて関東地方で売る呉服商の家であり、現在の建物は明治三年（一八七〇）に建てられたということである。

「京格子に出格子、大戸、犬矢来、そして厨子二階に開けた、土塗りのむしこ窓。すべてが典型的な京町家のたたずまいである」（保存会のしおりによる）

規模は違っても、京町家の要素は共通するものがあるからだろうか。訪れたときは綾小路通に面した表構え、べんがら格子のスケールと、大戸の重たさに圧倒されるけれど、靴を脱いで上がってしまえば、何かしら、なつかしい気もして落ちついてくるのであった。

この日は「端午の節句飾り」が公開されていたので、杉本氏に案内され、杉本家伝来の床飾り人形を見せていただくことができた。

庶民的な「大将さん」とよばれる五月人形は、甲冑姿の武将人形がほとんどであるが、明治期の京商家、杉本家に伝わる人形の頭を飾るのは、兜でなく烏帽子であった。

主座敷に飾られていた人形は、応仁天皇であり、脇には武内宿禰と旗持ちを従えている。「気品があってハンサムですね」と思わず言ってしまった。表情がリアルで美しい。

洋間には、珍しい洋服姿の明治天皇と侍従、近衛兵や白馬たちが飾られていた。どの人形も大ぶりで生き生きとして、見とれてしまうほどよくできている。京都でも特別に名高い、丸平大木人形製なのだ。気位を保ちながらも、人形たちはくつろいだ雰囲気であった。

以前、杉本家でダニエル・オスト氏の生け花展が開かれた時は、この家の別の表情を見た気がした。各部屋に飾られた目もあやな生花のほかに、仏間で見た光景が忘れられない。仏間内陣の畳を上げた床下に幅一間、奥行二間の窪みが見える。普段は隠されているはずの穴蔵が、オスト氏によって暴き出され、暗い床下から生え出した、藻とも根とも知れない植物があふれるようにはびこり、幾筋もうねりながら天井まで伸びていく表現は、まるでオカルトの世界だ。オスト氏のダイナミックなオブジェはライトを浴び、生々しい家霊の姿をまのあたりに見る思いであった。

ちなみに、杉本家の仏間にある穴蔵は、災害時に仏壇を避難させるための場所であり、元治の大火に仏壇を持ち出せなかった反省から築かれたものと推定されている。

現存する京町家では、このような構造は、ほかに例がないということである。

桃山のゴミ捨て穴から

いまだに、きちんと碁盤の目を形成している京都中京、烏丸二条あたり。現実には、古びても由緒ある町家が存在し、人も住んでいるのに、区域詳細地図を見れば、「空き地」と表示される不思議な現象があった。

いつの間にか、「空き地」の家は消され、住人の行方は不明。「空き地」は文字通り空き地となり、さらに隣のビルまで破壊吸収して、広大な空き地を造成している。その間、現地から三軒下にあるわたしの家は、騒音には悩まされたが、土埃は思ったほどでなかったのは、シートの中で絶えず流され続けた水のせい？　以前に比べれば相当な進歩だ。

町なかに急遽出現した広い更地。予想どおり、それは高級マンション予定地であった。

「静寂の街並みに馴染む二六戸の私邸」

完成予想のしゃれたカラーコピーがポストに入っている。驚いたことには、イメージだけのマンション案内人とともに、人がつぎつぎと更地を見に訪れているのだった。


マンション建設の前に、行われねばならないのは、埋蔵文化財発掘調査である。

「京都市遺跡地図」によれば、このあたりは平安京跡である。二条大路の南には、有力貴族、皇族の邸宅が並んでいた。平安時代後期には白河法皇、待賢門院の臨時御所となった、二条烏丸第が存在したことも確認されているのだ。

「平安時代まで掘り進めるつもりです」

真っ黒に日焼けした、発掘調査の主導者が意気込んで言うのも無理はない。以前から、自分の家の地下を深く深く掘り進めるなら、平安京の邸にたどりつくと信じているわたしも、半ばそれを望んでいる。

一方で、長らく暮らしている家の地下深く「あるかなきかの」住人とも、知らぬ間に情が通じていて、荒れ果てた邸が暴き出されるのを見るのも、あわれな気がしてくるのだ。

深夜に「いづれのおほむときにか」とか、「いまはむかし」とか、悠長な京ことばを話す、床下のいにしえ人を思うにつけても。

ことに暑さの厳しかった十八年八月から二カ月かけて、空き地は金網とシートにおおわれ重機で掘削、調査が行われた。何が出てきたのかと側を通るたびに興味しんしん。

八月二十五日夕方ちかく、わたしは望みを聞き入れられて発掘調査現場に立っていた。想像以上に起伏があり、でこぼこの瓦礫の足場は危うく、移動するのも大変である。

機械で掘り起こされ、えぐられた深い窪みの底で、炎天に皮膚を焼かれた数人の男たちが、なおも手先に小さな道具を持ち、掘り続けているのだった。調査の目的は洛中一画の平安時代、中世、近世の遺構変遷を明らかにすることだという。

調査地の東側から、すでに江戸時代の路面と井戸が現れていた。西側からは江戸時代中頃の石室の基礎部分が、そして江戸時代前期の柱穴列、床面が検出されているのを見ることができた。土地の下がった場所には、ゴミ捨て穴に利用したらしい痕跡もあった。

いまの両替町通、金吹町の由来となった金融街であり、財力のあった時代の路面である。両替町風といわれ、優雅な暮らしをする人々がここに住んでいたのだ。洛中洛外図屏風の視点で見れば、両替屋の店の奥には、紐に通した銭が山のように積まれている。店先から男が、扇屋の女に声かける。扇屋には美人が多いのだった。

一緒に見ていた、壊されたビルのオーナーだった茶道具屋の女主人が、甲高い声で言った。

「この地面から小判でも出てくるのやないかと思うて、わたし見に来てますのんえ」

「あの黒くなったところは、天明の大火のあとですよ」

調査員の男に指さされた、深い窪みの断面には、土層の堆積に十センチほどの真っ黒い火災層が見られる。それは応仁の乱以後の大火といわれる天明の大火（一七八八年）、いわゆる団栗焼けの爪跡であった。

江戸時代の京都は十四回の大火事があり、天明の火災では三万七千余戸を消失した。鴨川東の団栗橋付近の民家から一月三十日出火、東風にあおられて火勢は西に進み、当時の市街の西端である千本通から南北にも広がり、二昼夜燃え続けた。（淡交社『京都大事典』より）

伊藤若冲の絵を見たさに行った京都国立近代美術館「プライスコレクション」。江戸時代の日本でこんなにも大胆、幻想的、どきどきする生命力あふれる絵が生まれていたのか。若冲七十三歳の一七八八年、相国寺の伽藍も炎上した。彼のアトリエは、錦小路近くにあるのも、賀茂川のほとりにあったのも焼けてしまい、多くの作品がこの時失われた。だ

がこの時期に彼は「群鶏図襖絵」を描いた。（辻惟雄『奇想の系譜』より）

ちなみに一七八八年は、ウィーンに居を構えたモーツァルト三十二歳、創作熱の爆発した年だったという。交響曲「ジュピター」やピアノ協奏曲「戴冠式」もこの年作られた。

洛中洛外図屛風には、高い土塀で囲いこんだ町家や、堀をめぐらせた屋敷、木戸門などが点景として描き込まれている。それを思い起こさせるように、調査地で先に掘り出された江戸時代の路面の下方からは、南北に流れる堀と、土塁の遺構が検出されている。

戦国時代から、京都の町は自衛のために、「構え」と呼ばれる、堀と土塁で囲まれていたという。出入り口には門を造り、木戸を設けた。夜にはこの木戸を閉め、安全を守る仕組みになっていた。「構え」は町組ごとにもあり、町家ごとにもあったというのである。

「よいさっさ、これから八丁十八丁、八丁目のこーぐりは、こーぐりにくいこーぐりで、頭のてっぺんすりむいたー」

昔から伝わっている京わらべの口ずさみは、この木戸を歌っているのだった。祭の夜などは特別に、正装した少年たちが連れだって、歌いながら木戸をくぐり、女の子を誘いに行ったのだという。楽しそうな情景だ。

調査地では、堀が埋められた上に、路面状の石敷が造られていて、この道の両側には、町並みが存在したことが想像できる。

江戸時代京都の町並みは、それぞれにわずかながら個性を発揮しつつ、整然とした調和を保っていた。町家の出格子、むしこ窓、瓦屋根、べんがら塗、畳、建具の規格などは、江戸時代中期以来形成されてきた。（高橋康夫『京町家千年のあゆみ』より）

調査地から、桃山時代を特徴づける遺構が出てきた。南東からは、大きな桶を積み重ねて造った、深い円形の井戸が検出された。南東の低地からは、ゴミ捨て穴が確認された。空き地の地下には、桃山時代から江戸時代初頭の土塀に囲まれた町家が埋まっていた。桃山時代の町家は、デザインに工夫をこらしていたといわれるが、外壁は、聚楽第に用いられていたのと同じ、黄色い聚楽土で塗り込められているのが見てとれる。

秀吉が大内裏跡に建設した華麗な聚楽第。天下を統一した秀吉は聚楽第をおいの秀次に譲ったが、一五九五年、謀反の疑いで秀次は切腹、聚楽第は直ちに破壊された。聚楽第の跡地には、黄色い聚楽土が堆積していて、町衆はちゃっかりこれを利用していた。

「京壁いうたら聚楽土どす。聚楽第の跡から取ってきた貴重な土どっせー」

十年ほど前、座敷の壁を丁寧に塗り直してくれた左官屋さんが言った。信じられないが、たしかに聚楽壁には特有の風格が漂うのだ。

『京の大工棟梁と七人の職人衆』の中で、左官の森川邦男氏が聚楽土について語る。

「聚楽第跡いうたら二条城の近辺ですわねえ。今は全部舗装してビルが建ってますさかい、土が出るとこなぞないでっしゃろ。そやからビルの地下工事とか道路工事で掘ったとき出てきた土ということになりますな。地表から二、三メートル下で層になってるんです」

桃山時代のゴミ捨て穴から、様々なものが出土している。調査地の片隅に細長い台があり、掘り出された物が未整理に置かれている。

色とりどりの陶磁器のカケラが目立つ。ぜいたくにも、黒い天目茶碗や青磁のカケラ。唐三彩、景徳鎮などの中国産や朝鮮産のものから、美濃、備前、信楽、丹波などの国産陶器のカケラまでがおびただしい。なかには、茶碗の糸底だけを丸くカットしたものがいくつか混じっている。子供の玩具だろうか。

「子供用の下駄が片っぽ出てきました」

調査員の男が、掘っ建て小屋から取って来て見せてくれたのは、水に濡れて赤茶けた、十五センチほどの下駄であった。小さな鼻緒の穴も、くっきり透けて見えている。

空き地の地下には、桃山時代の幸せな家族が住んでいたらしい、人の気配を感じた。

「ゴミ捨て穴を掘り返してたら、やっぱり、匂いがしますよ。少しくさいというのか」

男は現実的なことを言うのだけれど。

なお最近、別のマンション予定地からは、当時のグルメな町衆が食べていたとみられるシイラ、ハモ、マダイ、サケ、スズキなどの骨や、アワビの貝殻、ウリ、ナス、ウメ、クリ、カキなどの植物の種が見つかったという。

桃山時代の土地のくぼみ
ゴミ捨て穴からざくざく
掘り出される陶器のカケラ
信楽　瀬戸　九谷……
白地に藍の高級中国磁器
糸底くりぬいて……玩具？
濃い茶褐色に濡れた
子供用の下駄が片方
小さな鼻緒の穴もくっきり
この世に姿あらわした

かすかに人のにおいただよわせ

ここは二条烏丸第跡
「平安時代まで掘り進めます」
陽焼けの男はいうけれど
いまだ桃山時代
わたしは智積院をおとずれ
長谷川等伯の障壁画みる
楓図　桜図　モダン　大胆
桃山の美に酔いしれる間も
空き地はさらに深く掘削中
平安の邸は物語を抜け出すのか？

ラクロウとキンマ

京都、堀川寺の内あたりにある寺の本堂。扇商、十五代月影堂当主の通夜の席である。

「こんな珍しい写真が新聞にでてましたんえ。お父さんが大事にしてはったラクロウの箱が写ってますの。火事で焼けてしもうて、ほんまに残念がってはったもんですわ……」

当主の長女である婦人が手にしているのは、拡大コピーされた新聞のカラー写真であった。これを父の棺に入れるのだという。

「中京の家の応接間やて書いたあるけど、一体どこのお宅ですやろ。この世に二つしかなかったもんやし、実物を見せてほしいわ」

コピー写真を見せられた男は驚いた。これはまさしく我家の一隅だ。妻が書いた本が出た時に取材されて、新聞にのった写真なのであった。問題の箱のそばには、見飽きた妻の顔までも写っていたはずである。

通夜の話をききわたしは男に念を押した。

「ほんまに、わたしの顔の部分は切り取ってあったんでしょうねえ」

たとえ写真でも、他人の棺の中に入れられるのはいやだから。

『京都町なか草子』を紹介された文章ではなく、写真だけが一人歩きしていることも気になった。そういえばあの記者は、京町家にある古い洋間の置物に興味を示していた。おそらく、ラクロウの箱についての知識は持ち合わせていなかったと思うけれど。かくいうわたしと同様に。


九十二歳で亡くなった、十五代月影堂当主の田村氏は遠縁にあたるそうで、夫の両親の生存中はよくこの家を訪れていた。

「あなたは歯が一本足りませんねえ」

ほとんど初対面の田村氏が、新婚間もないわたしの顔を見つめ、ほほえみながら言った。だから唇の中心に対して、前歯が少しずれているという。自分でも気づかったことを指摘され、恥ずかしく思ったものだ。

姑は清人さんと呼んで彼をもてなし、楽しそうに会話していた。茶道具のこと、掛け軸のこと、漆器や陶器にいたるまで、話はつきない様子だった。話の内容は、当時二十二歳のわたしには理解し難かったけれど、ラクロウが漆器の名であることは聞き覚えている。この家にある美的な道具類が、田村氏と関わりの深いことも知らないまま、わたしは同居していたのである。

鶴のように飄々とした彼は、考古学者でありながら伝統の扇を作り、さらに当時は教師でもあったのだ。

「時の人が来ましたよ」

しばらくぶりの田村氏が、いたずらっぽい顔で家に入ってきた日のことも覚えている。日教組と対立した彼の名が新聞をにぎわしていた、遠い日の話である。

たまたま門を掃いていたわたしの前に、セドリックから降りてきた田村氏が現れ、鼻の上に両手の拳を重ねて天狗のそぶりをする。

「あのおかあさん、これやさかい大変でしょう」というのだった。

大学卒業間もなく結婚し、姑のペースに巻きこまれ後悔していたわたしは、少し安らぐ思いがした。このおじさんは、わたしの味方かもしれないと単純に考えて。

夫の両親の死後、室町通、花の御所跡地にある田村氏の家を訪ねたことがあった。扇作りを見学したときの異様な場面がよみがえる。部屋一面に落ち葉のように深く積み重なる、木くず紙くず小さな道具の類。中心の窪みに座す白衣の田村氏は、一羽の鶴が自らの羽毛で衣を織るように、細かく折り畳まれた和紙を素早く扇骨に通し、伝統の扇の複雑な技を真剣にこなしていく。わたしは別人の姿を見た気がした。

当時この家の別室には、彼の愛人がいるはずだった。大勢の子供を産んだたくましい妻は自立し、別居していたという。それ以上、田村氏の私生活についてわたしは知らない。その消息にも興味をもつことなく、長い年月を過ごしてきたのだった。

ただ我家の古い桐簞笥には、十五代月影堂の、あるいは十四代月影堂手描きの扇が数々あり、普段は陽の目を見ることなく保存されている。飴色に艶めく竹肌、吹けばオルガンの音が出る扇子、大仰な舞扇や儀式用扇子。

仕舞や謡、茶の湯をたしなんだ両親にとっては、大切な必需品であったとしても、そんな優雅な趣味を持ち合わせていないものには、骨董品でしかないのであるが。

十五代月影堂忌明の会は、近江八幡の招福楼でとの案内に、長男の清輝氏が家を訪れた。初対面であるのに、妙になれなれしく思えたのは、彼の雰囲気が若い日の清人氏によく似ていたからだろう。わたしは彼を二階の洋間に通した。ラクロウの箱を見てもらうために。

それは幅48、奥行23、変形の蓋を含めた高さ24センチメートル、表面は赤、黄、緑の曲線模様が施された黒漆の箱である。むかしからこの家にあったもので、両親は奥座敷の違い棚の上に置いていた。わたしは自己流のインテリアにこだわり、これを古い洋間のサイドボードの中央に置いて、背後の壁には屏風をつり下げているのだった。

「あアこれこれ」と清輝氏は声をあげた。

「蓋を取ったら、中は真っ赤ですやろ？」

と言い当てるのだ。たしかに、深く重なる蓋を両手でゆるり持ち上げると、中は鮮やかな朱赤塗。底は秘密めいた二重構造になっていて、幻想の小動物たちが飛び交っている。


「中身の方が艶がありますな」と言われ、手入れの悪さを指摘されたような気がした。

「ところで、ラクロウの漆器のことは、ようご存じなんでしょう？」

当然知っているはずと言わんばかり。

「朝鮮の物やとはきいてるんですけれど」

と口ごもったわたしは、家にある品物の由来さえ、よく知らないのだった。実はラクロウと呼ばれる漆器はほかにもある。たとえば華やかな朱赤地に幾何学的な細い線描、そこにも古代生物らしきものが飛びはねている、珍しい平卓が階下の床の間にあるのだ。

不勉強を恥じながら、わたしは清輝氏に教えを請うことにした。

清輝氏は父清人氏の影響で、古美術から伝統工芸全般にわたって造詣が深いのである。彼は脳外科医として生きてきたので、手先が器用には違いない。この際、病院経営からもきっぱり手をひいて、扇商を継ぐ気になったという。彼の七人の兄弟姉妹は全員が医者だから、何とかなるのだろう。

「ラクロウというのは、いまから二千年ほど前の楽浪遺跡から発見された漆器です。親父（清人氏）が京大考古学部の探検隊に加わって朝鮮に渡り、楽浪郡の王墓から出土した物を研究のために持帰りました。ここにあるのは京都の漆芸作家に頼んで、寸分たがわず復元さした物です。たぶん六十年以上前にね」

清輝氏がそこまで言ったとき、わたしには想像できた。当時、珍し物好きの姑がなまめかしい京ことばの限りをつくして、清人氏に頼みこんで同じ物を二個作らせた。その一つが今ここにあるのだと。そしてもう一つは、清人氏が手元に置いて大事にしていたのを、田村家の火事で焼失してしまったのだと。

楽浪郡は今の北朝鮮平壌市の近郊にある地区にあたるという。この地は前漢の武帝の時代（前一〇八）から四百年は古代中国の植民地であったため、高度の漢文化が流入した。そこには千を越す古墳群や城跡があり、発掘された古墳の内部からは、多数の埋蔵品が発見された。中でもおびただしい数の漆器類が出土したというのである。

漆聖とよばれた、人間国宝の松田権六著『うるしの話』によれば、松田氏は大正六年ごろ、発掘された楽浪漆器の修理を頼まれたそうだ。修理された物は平壌の博物館に運ばれたという。その時、二千年前の漆器の、金銀よりも輝く赤色の発色技術に感動し、それを後年の作品に生かされている。

ひかえめに艶めく黒漆の箱は
大同江地帯の泥土深く埋められ
二千年前の王があの世でも使った
楽浪漆器の模造物だった
重なる蓋ゆるりともちあげれば
内に秘めていた目の覚める朱赤
生き生きと躍りだす霊獣たち
異境の音楽を奏ではじめる

「これはキンマですやろ。お茶人さんは、興味をもたはるもんですわ」

別の場所に置いていた漆の飾箱を目にとめ、清輝氏が言うので、わたしはおどろいた。

「へえーキンマやて初めてききましたわ」

朱色地に様々な色で繊細な模様が施された長方形の箱や、黒地に星座を描いた円形の弁当箱のような漆器があるのだ。茶人の姑が好んで求めたのだろうか。両親がシンガポールで商売していたころ、美術館で買ったときいていた。太平洋戦争前の時代のことだから、日本人も横暴なことをしたのではないか？

「キンマ（蒟醤）はタイにある赤い実の名がついた漆器ですわ。木やなしに、竹を編んだ素地に漆をぬってます。そこに模様を彫った上、朱塗りして研いで……手間かけてますわ」

彼が語れば、漆というものの奥深さを思う。

蒟醤はタイ国で起こった特有の技法である。漆塗の上に刀をもって文様を線彫りし、この彫りくぼみに色漆を平らに象嵌したものである。（松田権六『うるしの話』）

「昔の人はよき時代に、掛軸やら屏風やらを、同じ画家のスポンサーになって買うたはります。後の時代にその人が有名にならはったらええのですけど、そうはいきませんし」

わたしの言葉は不満げに聞こえたのだろうか。

「そこが、あなたとぼくの考えの違うとこですわ。そういう物があること自体が、古い京都の町家のええとこですやん」

「東京の人は無いから、有名な物か何や知らんけど、高いお金出して買わはる。それを成金と言います」

清輝氏は「ここだけの話」を続ける。

「わたしは昔から家にある物を、一応大事にしてます。そやけど、わたしよりも物を知らない、次の代になったらどうなります?」

「そら最後はこうぼうさん(東寺弘法市)行きでっしゃろねえ」と言い放ち、駐車違反を気にする彼はソファーから立ち上がった。

薔薇男

誕生日に薔薇の花束がとどく。

思いがけず、玄関に新鮮な香りの微風が流れこむ。目もあやに咲いたばかりの純白、うす桃、うす紫、朱、黄とピンクの覆輪の花。

凛とした薔薇の美しさに魅了され、満面の笑みを隠しきれないわたし。何歳になっても、花束を受け取るのはうれしい。

花屋ではない、男がたずさえて来たのは、彼が丹誠して開花させた薔薇の花であった。久しく会っていない彼が伏し目がちに、しかし自信ありげにさし出した、大輪の花にはそれぞれ名前がついている。たとえば、そとおりひめ、あけぼの、てこな、だいもんじ……マダム・ビオレ。

「薔薇って洋花やとばっかり思うてたのに、日本の名がついてるのはどうして?」
「たまたま今朝咲いた花の中から、好きそうなのを選んで持ってきたんやけど、いまは日本人が交配して作り出した薔薇も結構あるよ。ぼくが創作した薔薇は、この春から世界で栽培され始めてるのやから」と男は言う。

彼と親しかったのは若い頃のことで、お互いに結婚してからは、相手の家庭に興味を持つことなく過ごしてきた。いまはローズガーデンを求めて、様々な国を渡り歩いているそうだけれど、薔薇作りを始めてからの男を、わたしはよく理解しているとはいえない。けれども、薔薇にかける男の愛が、ただごとではないことをわたしは知っている。

人が埋まるほど掘り下げ
豊かな土を満たした
庭園は薔薇の臥所
寒さきびしい月あかり
薔薇と共寝する男
薔薇と男の息が一つになり
「ここを切って……

そうすれば枝を出し
　望みの花を咲いてあげる」
男は薔薇のささやきをきいた
手厚い手術を施す男のために
五月の薔薇は妖しく香り
絢爛の花を開くだろう

「そやけど、薔薇の原産地はやっぱりヨーロッパでしょう？　ボッティチェリの『ビーナスの誕生』にも、小さな薔薇の花が舞い散ってるのを見たもの」とわたしは言った。

「ところが、そう簡単には言い切れへん。野生の薔薇は相当古い時代から、西洋にも東洋にも自生してたんやから。日本にはノイバラやナニワイバラという原生種があったし」

「うるわしき花さうび……とかいう詩を読んだことがあるけど、むかしの人は薔薇のことを、さうびと言うてたようやねえ」

「さうびは中国の薔薇の音読み。中国原生種の桃色の花も現代薔薇の先祖なんや。平安貴族たちは李白や白楽天の詩を読んでいて、薔薇にあこがれてたと思うよ。そやから源氏物語にも出てくるやろ。平安時代の京都の庭には、さうびが植え込まれていたということ」

男が薔薇の話を始めるときりがない。その上、かつての職業を物語るような口調になる。

「へえー源氏物語に薔薇が出てくるって、どの巻に？　千年も前から、日本の庭にも薔薇の花が咲いていてたんやねえ……」

わずかながら源氏物語をかじっているわたしは、恥ずかしい思いをしながらたずねた。

「さかき、をとめ」

暗号のように答え、男はそそくさと去っていったのである。わたしはひそかに、男のあざ名をつけた。「薔薇男」と。

ぼってりとボリュームのある薔薇の花を、丁寧に水切りしてクリスタルの花瓶に盛りこむ。香りに満たされ、色に眩惑され、華やぎに傾いていく心地。

さて、王朝の薔薇はどんな場面に現れていたのか。千年前のことだから、つつましく咲いていただろう、二条院や六条院の薔薇は。

賢木の巻（小学館『源氏物語』巻二）では、「夏の雨のどかに降りて、つれづれなるころ」二条院で、中将はじめ大勢の殿上人たちとともに、光源氏は古い漢詩集を持ち出して、隠した韻字を当てるゲームをしている。賭物は優美なご馳走のほか、類ない品々が用意された。源氏は漢詩にも、きわだった才能を発揮する。その二日ばかり後のことである。

「階の底の薔薇けしきばかり咲きて、春秋の花盛りよりもしめやかにをかしきほどなるに、うちとけて遊びたまふ」

御殿から庭にかけられた階段の下に、ほんの少しばかり咲いた薔薇の花。その風情を見て人々はくつろぎ、管弦の遊びを楽しんだ。

ここに植えられていた薔薇については、後になって、薔薇男にたずねてみた。

「それは中国の庚申薔薇や。紫式部が物語を書いたのが一〇一〇年ごろやから、このころ貴族の庭園で、薔薇を賞美するのは珍しくなかったと思うよ」と彼は即答したのだった。

それとは別に、賢木の巻で印象的なのは、薔薇の花も盛りのように華やかで美しく、快活な雰囲気をもつ朧月夜の君の話である。

朧月夜は朱雀帝の寵愛をうけながら、光源氏とも別れられない。病気のため里下がりしていた彼女は、夜な夜な源氏と密会する。

「賑やかな君が病でやせやせ、きれいだよ」

危険な逢瀬にかきたてられる光源氏。

激しい雷鳴の朝、見舞いに訪れた父右大臣が、とつぜん御簾を引き上げたのだ。

「昨夜はもの凄い雷でこわかったやろう」

顔を赤らめて、御帳の外へいざり出てきた朧月夜は、膝に薄二藍の男帯がからみついているのを知らず、父に見つけられてしまった。

こんなとき源氏は、つらい立場の自らをさしおき、心苦しい様子の朧月夜を慰める。

衰勢に傾いていた光源氏は、この事件がきっかけで、須磨への失脚につながっていく。


少女の巻（小学館『源氏物語』巻三）には、源氏が六条院を完成させた経緯が語られる。あちこちに別居していて、なかなか逢えず、気がかりな愛人たちを、広く静かな所に集めて住まわせるために、六条京極のあたりに自邸を新築、四季の町各々が趣を異にする。

「北の東は、涼しげなる泉ありて、夏の蔭によれり。前近き前栽、呉竹、下風涼しかるべく、木高き森のやうなる木ども木深くおもしろく、山里めきて、卯花の垣根ことさらにしわたして、昔おぼゆる花橘、撫子、薔薇、くたになどやうの花のくさぐさを植えて、春秋の木草、その中にうちまぜたり」

東北の町は、花散里が女主人として住まうことになる夏の町である。彼女の好みを取り入れて、市中の山居のような庭の一部に、わざわざ卯の花の垣根をめぐらし、そこに薔薇が植えられたのだ。後に薔薇男は語った。

「花散里は薔薇にあこがれてたんやろう。平安時代の庭園に植え込む花木として、昔からの橘やら撫子と同じように、薔薇を植えるのが流行ってきたことがわかる」と。


花散里といえば、薔薇には似つかわしくなく、容貌が劣っていた。光源氏とは几帳や屏風を隔ててしか対面することはない。夫婦関係もなく子供も生まない。けれども、源氏は生涯彼女を庇護し続けるのである。


紫の上や、明石の君の立場をおびやかす心配もない花散里であるが、身分は高い。花散里の性格は「のどやか」であり「やはらか」であり、光源氏が「なつかしう」感じる女性なのだ。しかも、染物や裁縫が得意な理想の主婦として認められている。だから、光源氏は息子、夕霧の教育を彼女にまかせる。夕霧は花散里をちらと見て思うのだった。

「容貌のまほならずもおはしけるかな、かかる人をも人（光源氏）は思い棄てたまはざりけり……心ばへのかやうにやはらかならむ人をこそあひ思はむ」と。同時にまた、向かい合って見る張り合いがないのも、いたわしいことだと、元服したばかりの夕霧は思う。

「人は容貌よきものとのみ目馴れたまへるを、もとよりすぐれざりける御容貌の、やや過ぎたる心地して……」とは失礼な話である。

五月半ばの晴れた朝、とうとつに薔薇男から電話がかかる。

「今日、いまが薔薇のまっ盛りやから、朝のうちに見に来てほしい」と誘うのだった。

「薔薇が咲いたん？　見たい見たい」

わたしは言った。薔薇に関しては強引な人だと思いながら、黒地に薔薇の花を浮かべた服に着替えて、京都の郊外へと向かう。

いまが真っ盛り
薔薇に埋もれる薔薇の館
近づけばあふれる芳香
垣根ぞいに出迎える
サマー・スノー
ラ・ビ・アン・ローズ
迷宮の園にみちびかれ
情熱の赤レッド・デビル
焦燥の黄ヘルム・シュミット

六百本の薔薇にまどう

庭園だけでなく、館の周辺も玄関もおおいつくす色と香り、二百種類の薔薇が栽培され、いまいっせいに花咲いている。決して、咲き乱れているのではなく、一つ一つの花が凛として、見目よく立ち上がっているのだ。

「一流の薔薇の花を、これだけまとめて見られるのは、世界でもここだけだから」

薔薇男はいまだに熱中しているようだ。

今朝も花壇の手入れをした、手のひらは傷つき、目の中まで日焼けしている。これだけの薔薇を開花させるのは、薔薇に魅入られているとしか言いようがない。わたしは言葉を失い、きわだって美しい薔薇の花を指さして、覚えられもしない名前をきくばかり。

「あの濃い黄色の花は？」

「ナルチッセ」

「真っ赤な縁取りは？」

「コロラマ」

「上品なうす桃色のは？」

「ロイヤル・ハイネス」

「純白のも素敵やねえ?」

「タッチ・オブ・ビーナス」

「これも薔薇の花やねえ」

わたしの服を指して薔薇男が言ったけれど、プリントの薔薇は色あせてみえた。

彼がお土産に切ってくれた花はピンクの「清涼殿」、白い「ティネケ」、覆輪の「ジェミニ」など、いずれも見事な大輪の薔薇である。

「いまこんなに生き生きと清浄に咲いてるお花、家でどうしたら長生きするの?」

帰りがけにきいてみた。

「本当はこの姿のままシリカゲルに埋めて、いつまでも残してくれたらうれしいよ」

と薔薇男は言ったのだ。

帰り道で店を探して、真っ白な粉、シリカゲルを三キロ買ったものの、不器用なわたしがこれを利用することはなかった。

薔薇の生き埋め? そんな残酷なこと、わたしにはできない。

スイスの旅から

旅を始めて十日間が過ぎた七月十八日。

わたしはジュネーブ、レマン湖畔モンブラン湖岸通のホテルに滞在している。さきほどまで、船で渡ったローヌ川南岸の繁華街をさまよっていた。ホテルで華やいだディナータイムを過ごしてからもまだ明るいのだった。暮れなずむレマン湖のほとりを歩きたい。

旅人は一日を何倍にもふくらませる、魔力を与えられるものだろうか。

思えば今朝は早くから、スイス、フランスの国境をするりと抜けてシャモニの町へ行った。ロープウェイを乗り継ぎ、エレベーターで標高三八四二mのエギーユ・デュ・ミディ展望台を目指して。白い山あるいは魔の山と呼ばれているモンブランを眺めるために。この旅では不思議なほど天候に恵まれて、三つ目になるこの展望台からも、紺碧の天空にそびえ立つ純白の峰峰が見渡せるのだ。

「あの岩山の向こうにあるなだらかな山」と言われても、モンブランだけは雲の中。テラスには真っ赤なスカーフと命綱をつけ岩山を下ろうとする数人の格好いい男たち。はるか下方に白砂糖の上を這う蟻のような人々の列。冷気をさけて熱いココアを飲もう。

モンブランをあきらめて下りたシャモニの町では市庁舎まで花々に埋まり、楽しそうに屋外で食事している人々。タルティフレットというポテトの料理がおいしい。

ホテルへの帰り道、澄んだガイラン湖と奥に広がるモンブラン山脈や氷河を眺めた。


レマン湖の大噴水はまだ高く上っている。夕暮れの湖岸を異国の人々と共にそぞろ歩く。その時わたしは出会ったのだ。折れそうな細い長身にドレスをまとい、帽子をのせた頭をややかしげて立つ瀟洒な姿に。極端にデフォルメされた黒い像の手には、だれの仕業か、真っ赤なバラの生花が持たされている。

百年余前のレマン湖畔、丁度この辺で船に乗る直前アナーキストに刺された、オーストリーア皇妃エリザベート（シシィ）の像である。当時彼女が滞在したホテルは、今夜わたしが眠るホテルのすぐ隣にいまも存在する。

以前ウィーンのインペリアルホテルに宿泊した時、廊下奥に掲げられた大きな額装の肖像画に目を奪われた。栗色の長い髪、白いドレスで見返る等身大の皇妃エリザベートに。「ハプスブルクの女神」とも「ヒステリー患者」ともいわれた美女は詩を残している。

旅の八日目、わたしはレマン湖東岸の岡辺にある、ローズガーデンに立ち寄った。ここラグランジュバラ園は、ジュネーブ国際バラ新種コンクールの審査員として招待された知人にすすめられていた。樹木に囲まれたバラ園は、様々な種類の色彩豊かなバラと噴水をアレンジしている。暑いジュネーブの七月、疲れを見せる花の中でも、元気に咲きほこる日本のバラ、カブキを見つけた。ウエスト五十センチのシシィ像が抱えていた赤いバラも、この庭にあったかも知れない。

午後は旧市街から、ジュネーブ大学のある緑深い公園を歩いた後、パテックフィリップ時計博物館を訪れた。

十六世紀から二十世紀にかけての、ジュネーブ高級時計職人たちのきらびやかな芸術作品コレクション。金、真珠、宝石類に加え、極彩色の七宝細密画を施した装飾時計がおびただしく、見る人を堪能させ、疲れさせる。歴史的な顧客にはキューリー夫人やビクトリア女王の名を見たが、エリザベートもまた、あの宝飾時計を身につけただろう。

旅の七日目、わたしはローザンヌの旧市街中心にあるホテルにいた。後ろに白っぽく青いレマン湖が広がっている。近くに十三世紀に造られたという小さな聖フランソワ教会があり、広場から石畳の坂道がのびているのだ。道には洒落た店が並んでいる。中世の街で店をのぞいて、出たり入ったりしている間に、異次元の空間に迷い込んでいく気がした。

午前中は、レマン湖に浮かぶように建つ中世の城、ション城の陰気な空間を体験していたのだ。幽閉された王や貴族たちは次々と処刑され、レマン湖に投げ落とされたという。

非日常の怠惰な夕暮れ、わたしたちはそそくさと服を着替え、ダイニングルームのテラスに並んだテーブルにつく。

旅で巡り会った三組の男女が、まるで旧知の間柄のように笑い、会話しながらローザンヌ産のワインを飲み、料理を楽しんでいる。タラのカルパッチョ、ズッキーニの花の詰め物、ミモザサラダ……クレームブリュレ。

和歌山の話、高松の話、京都の話が飛び交っている時、どこからか雀が五、六羽飛んできて、なれなれしくご馳走をねだるのだ。足下には鳩まで寄ってきているではないか。やはり、ここは日本から遠く離れた国だった。

今朝はバスで山越えしてツバイジンメン駅に着き、ゴールデンパスと呼ばれる眺めのいいパノラマ特急（サロンカー）に乗って、モントルー駅まで来たのだ。フェスティバルが近いのか、湖岸にジャズが流れていた。

旅の四日目から六日目までは三連泊。滞在したのは、標高一二七五ｍの山間の村、ヴェンゲンである。アルプスの空は群青色だ。

ホテルの部屋窓から屏風のように、アルプスの乙女と呼ばれるユングフラウの白い山肌が眺められる。山々を借景にして、緑の中に三角屋根の家がほどよい間隔で点在する。

ツェルマットからヴェンゲンまで来たが、どちらもガソリン車の乗り入れは禁止。だからバスで移動するには登山電車で次の駅へ。

珍しいカートレイン（バスごと列車に乗り十五キロのトンネルをぬける）にも乗った。

トゥーン城のある美しい街へ着く。船の出航まで散策した街は、屋根のある古い木造の橋がある、さわやかなリゾート地。水辺に白鳥が群れていた。氷河色の青白いトゥーン湖を、クルーズでインターラーケンまで。

途中、エネルギーあふれる滝を見た。トリュンメルバッハの滝である。トンネルリフトで上る山の内部は寒気と激しい轟音。薄暗い照明の下で解けた靴ひもを結ぶ恐ろしさ。その時わたしは見た。一秒に二万リットルの水量が流れ落ちる滝。アイガー、メンヒ、ユングフラウ三山の氷河水が流れ出した滝を。

ヴェンゲン中日の朝は、登山電車で頂上駅へ。さらにアイガー北壁をくりぬいて造ったトンネルをぬけてユングフラウヨッホ駅へ。

高速エレベーターで一気に昇る標高三五七一mのスフィンクス展望台。壮大なユングフラウ、メンヒ、アレッチ大氷河……。冷気で身が引き締まり、白銀の世界に感動して口数が少なくなる（この景観は世界遺産）。

雪の上を真黒いキバシカラスが飛ぶ。カラスとはいえ小柄で、嘴が黄色く顔はかわいい。高所で遊ぶ鳥たち、ここまでノースリーブ短パン姿で来る米国人にもびっくり。何より、ヨーロッパ随一の高地に清潔な設備を整え、世界の人々が絶景を見られる、夢の展望台を実現させた観光の国スイスに。

午後はアイガーが目前に迫る美しい村、グリンデルワルトを散策する。氷河村なのに暑い。駅から続く舗道の店をのぞき歩くうちに、わたしはふと左手の中指に異変を見つけた。

朝からはめていた指輪の縁取りだけ残り、中心のルビーがなくなっている。空いた穴から皮膚が透けて見えるのはショックだった。二十年来好んでいた思い出の指輪だから。しばらく下を向いて歩き周囲を探してみたけれど、小さなルビーが見つかるわけはない。

思えば、スフィンクス展望台のテラスで、ヤッケや手袋を着たり脱いだりしていた時に、こすれて落ちたかも知れなかった。

生まれて初めて見たスイスの山と氷河。アルプスの神秘的な白い雪上に落とした、鮮やかな血の一滴をイメージしたとき、小さなルビーを葬った気持ちは癒えていく気がした。

ヴェンゲン後日は、登山電車とケーブルを乗り継いで、断崖絶壁の小さな村を目指す。三山を仰ぎ見ることができるミューレンは、とても魅力的な村で長期滞在したい気持ち。木々の緑に挟まれた道を歩けば花畑、空間をおいて建つ木造家屋の窓辺にも花が咲き競い、バランスよく可愛い店も点在している。わたしはここで木彫の動物や、アルプスの花の刺繍小物をおみやげに買った。

伊藤一著『スイス的生活術』によれば、

「近所から、殺風景だから花でも飾ればと親切な提案を受ける。ここに円満に住もうと思う限り、近所の提案は村の命令である……スイスではちょっとした我慢を積み重ねて、何代も気持ちよく暮らしてきた」とのこと。

ロープウェイで標高二九七三mのシルトホルン展望台へ。三山のほかに二百以上の雄大な峰を見渡せる。ガラスばりの回転レストランは一時間に一回転して、絶景を眺めながらフルコースのおいしい料理が、楽しめるのだ。


わたしたちのスイス旅行は、エールフランスでパリ経由チューリッヒに着いた。

小雨の朝、チューリッヒのホテルを出て、クール駅かちツェルマットまでの五時間半、氷河特急の旅が始まる。すでに天気は回復。

赤い展望列車に乗ればはずむ気分。すぐさま雪の断崖が現れ、なだらかな緑の山麓に変化するスイスの風景。時速三十四キロの特急は左右にカーブしながら進み、ローヌ氷河を望む。レトロな食堂車でランチも食べながら。

旅の二日目と三日目、ツェルマットのホテルに宿泊した。ベランダに幻のようなマッターホルン。立ちはだかる白い巨人。神々しい孤高の姿に、わたしはネイチャーショック。

朝焼け五時四十五分、夕焼け午後九時四十五分、山頂がバラ色に染まることを知った。

ピンクの少女から紫の魔女へ
時と共に変身する白い巨人は
窓の向こうで夜中わたしを見守る
不死身の父であった

「この子はべっぴんになる」
赤ん坊を抱いて言ったという
早世の父の他愛もない一言が
一生わたしを温め続けるとは

翌朝はゴルナーグラート展望台（三〇九〇m）へ。呼吸を整えながら坂を登るとマッターホルンはさらに生々しい迫力で存在した。

大勢の日本人が仕事を離れスイスへ来ている。二匹のセントバーナードは本来の仕事ではない仕事として、観光客と共にカメラに収まる。

「スイスでハイキングしなかったら一生後悔しますよ」と言われ、ガイドつきハイキングに参加した。ゴンドラでスネガまで登り、標高二五〇〇mから二時間半、坂路を下る。前に後ろにつきまとう、天空の美男マッターホルン。崖下の草原にはマーモットが走る。

予想以上に険しく、狭い岩路にたじろぐ。見れば、わたしにすすめた高松の男性は、高所恐怖症であると判明。帰り道で彼が言うには、「お互いによく生きて帰れましたね」。

岩間に咲く高山植物の鮮明な色が目に残っている。魔女の爪、翁草、わすれな草、ほたる袋、エーデルワイス、アルペンローゼ。

京町家たんけん

わたしの住処は「御所南小学校」の校区にある。小学校からいただいた書面によれば、この校区は平安建都のころから形成された市街地で、京都らしい個性と魅力を色濃く残した地域である。

たしかに御所南小学校の校区内には、寺社をはじめ、古くから続く老舗の和菓子、お茶、香、京料理の店、そして京友禅や茶道関係など伝統工芸に関わる人物や家が多いのだ。ふと思いつくだけでも、亀末広、一保堂、柳桜園、松栄堂、幾松などよく知られた店がある。

総合コミュニティ「かがやき」の学習活動として、この小学校第三学年の単元には次のような目標があることを知らされた。

「地域にある京都らしさを実際に見学したり、地域に暮らす人々から話を聞いたりして、自分たちの地域には人を引きつける魅力があふれていることに気づけるようにしたい」

京都の町なかに住んでいて、わざわざ京都の魅力を探りに行くとは……。わたしが子どものころは、よく友達の家にいって遊んでいた。思えば商家が多く、個性的な町家ばかり見てきたことになる。それだけで、京都の魅力に気づいていたわけではないけれど。

それにしても、学習目標のために、名もない京町家に長く暮らしているだけの、わたしの住処に大勢の小学三年生たちを迎えることになるとは思ってもみなかったのである。

最初に御所南小学校の先生から電話を受けた時、そんな面倒なことは出来れば断りたいと思った。ところが、先生はわたしのエッセイ集『べんがら格子の向こう側――京都町なか草子』を読んで下さっていたことがわかった。そして、たまたま流行中の坂東眞理子著『女性の品格』をひやかし半分に読んでいたところ、「頼まれたこと」の項目があった。そこには「無理のない範囲で引き受けるのが社会人の務めでしょう」と書かれている。社会人の務めなどといわれると、わたしはよわい。「京町家たんけん」を引き受けるしかない気持ちになるのだった。

数日後とつぜん先生から電話があった。

「打ち合わせをしたいのですが」と。

「いつごろでしょうか?」と尋ねる。

「いまこれから、寄せてもらってもいいですか?」と女の先生は朗らかに言われる。

「どうぞ」と答えたその時、夕方の六時を過ぎていた。小学校の先生って忙しい仕事なんだと思いながら、近所のケーキ屋さんへ走るわたし。すでに夕食時も近づいていた。

三十分ほどして玄関に現れたのは、電話では聞いてなかったが、男の先生を含め若い三人連れだった。二階の応接間に落ち着いて、熱心な先生たちの話は活発である。三人とも京都人ではないらしい。

「子供たちに町家の中を見せてもらって、むかしから続いている暮らしの知恵や工夫についてお話を聞かせてあげてほしいのです」

「町家には庭が二つあるて本当ですか?」

「表庭と奥庭があります。夏は戸を明け放して庭から風通しします。むかしの人の知恵でしょうね。少し前までは建具を替えてました」

「へえーどんなことするんですか?」

「梅雨明けのころ、ふすまや障子をはずして、よし戸やすだれに替えます。畳の上には籐むしろや網代を敷いてひんやりさして」

「よし戸やすだれ、それに籐むしろというものなんか、いま出してきて、子供たちに見せることと出来ませんか？　お願いします」

先生に言われて、一瞬わたしは沈黙した。長年、家の奥にしまわれている古い建具を出してくることは、並大抵ではないと思われた。

三人の先生方は、とっくにケーキを食べ、チョコレートをつまみながらカプチーノも飲み終わっていた。どこからかクーッとおなかが鳴る音さえ聞こえてくる。まさか、晩ご飯まで？　……わたしは気になっていたのだ。

そのころ話題は「京ことば」に移っていた。

「京都のお茶漬けとかいう話がありますけど、あれは一体どういうことですの？」

若い女の先生から質問があった。

わたしは少し可笑しくなった。もしも京都人がそのようなセリフを言うとしたなら、丁度いま、こんな状況の時ではないだろうか？

「『まあ上がっておいきやす、ブブヅケ（お茶づけ）でもどうぞ』というのでしょう？　それを本気にして上がってはいけない。もし上がったら、ご飯が出るどころか、それから炊き始めるとか言う話……あれは地方の人が京都人を批判する作り話で、本当はそんなこと言いませんよ」と答えておいたけれど。

わたしが信頼する梅棹忠夫氏は『京都の精神』のなかで次のように書かれている。
「いちおう、「ブブヅケでも」とかるくさそい、相手はそれをやわらかくことわる。それはつきあいの一連のつらなりのなかにくみこまれた、社交的会話にすぎない」

「京の町　再発見」というテーマで、御所南小学校三年生の子どもたちは、校区のきめられた家々を選んで訪れる。和菓子の店では和菓子を味わい、お茶の店ではお茶を飲み、着物の店では制作の様子を見学したりと、魅力ある体験ができるのに、古くから続く町家の暮らしをのぞいて、話を聞きたいという子もいるのだった。それだけ、京都にも町家が少なくなってきているのだろう。

子どもたちと先生を含む十五人ずつ、のべ四十五人が三日間に家を訪れることになった。約束通り、むかし使っていた建具である、よし戸や籐むしろの一部に加え、京すだれ、塗り火鉢（火箸、炭、灰つき）まで用意した。

京すだれには久しぶりの再会だ。竹を究極まで細く削った丸ひごを糸で綴り、さらに草色の絹布で四方を縁取り、同色の房飾りまでつけられている。小さく巻き取られたすだれは、箱におさまったまま時を経て、深い古色をおびていた。

庭に面した奥座敷の、障子をはずした空間の両側には床まで垂らす長いすだれ、中間には短い小すだれをかける。むし暑い夏の宵などは、庭から吹いてくるかすかな風にもゆらいで涼を感じさせる。京すだれは、おそらく清少納言が引き上げた御簾と同じ系列の、優雅な調度品ではないかといまにして思う。

子どものころから見なれた夏の風物も、昨今は不要品とみなされ、出しにくいところにしまい込まれていたけれど。

子どもたちが、先生に引率されて京町家たんけんにやってきた。

中京の真ん中に暮らしていても、町家よりマンションや洋風の家に住む子が多く、座敷の床の間や、掛軸さえめずらしがっている。

「掛軸は季節に合わせて毎月替えるんですよ。いまは五月やし桃太郎にしましたけど」

と言えば、普段から置いている屏風、漆の手箪笥、壺や香炉などにも指さして尋ねる。

「あれは何ですか?」

「どうしてこんなものがあるのですか?」

わたしは答えて言う。

「むかしから京都の人は美しい物が好きで、平和な時代に少しずつ集めてはったんでしょうね。どこも町家には何かあると思いますよ」

「家も庭も調度品も七十年以上経っています」などと言えば、九歳の子どもたちは驚く。

何よりも、大勢の子どもたちが興味をしめしたのは、奥庭にある石灯籠であった。

「かっこいい、宇宙人みたいや」と言う。

白川石（花崗岩の一種）で作られた石灯籠は、熊野神社にあるものと同形状で、ささやかな庭には不似合いと思える大きさ。中心にある灯入れの台座は六角形で、十二支の動物が浮彫りされている。てっぺんの擬宝珠を頭に見立てれば……宇宙人？

石灯籠の源は「夜の鳥辺野（平安時代からの葬送地）に明滅する灯籠の幽玄な明かり」（中村昌生著）と読んだことがあるけれど、子どもたちに、こわい話をしたわけではない。

道路に面して建つ町家の形はそれぞれ違っても、植木のある奥庭はどの家もきまって同じ位置にある。わたしはその話をしたのだ。

「空飛ぶ鳥の目から見たら、町家の庭は、長いグリーンのベルトみたいに続いてると思いますよ。惜しいことに、向こうに建ったマンションで途切れてしまいましたけどねえ」

小学校三年生の子どもたちは、よその家に来たせいか思ったより行儀よく、洋間ならソファーに、座敷なら畳にきちんと座って話を聞き、元気に手をあげて質問もする。

わたしは子どもを見て、出来るだけ平等にあてたりしている間に、はるか遠い学生時代、教育実習にも一生懸命だったころを思い出してなつかしく、気恥ずかしくもなるのだった。

先生にはならずに家を出たが、生まれた時から住んでいたのは、もっと古い時代の京町家であったことについて、わたしは話した。

「大屋根の上には大文字を見る火の見がありました。庭先には水琴窟が埋まっていて、手を洗った水が落ちるたびにいい音がしたの。離れには幽霊が出るという噂が流れたり、不思議なことがいっぱいある家でした」

「古くから続く町家に暮らす工夫は？」など、女の子のまともな質問に対しては、むかしの京都人の知恵ではなく、いま生活する住人のアイデアを見てもらうしかない。

伝統的な素材で造られた日本建築の京町家にも、初めから洋風空間が取り入れられていた。和風スタイルを守りつつも、少しでも快適な機能と、好みの装飾を求めて改造を重ねてきたのだ。大胆にも、輸入住宅の部材を取り入れたりして。いちばんの変化は、最初は内の通り庭にあった台所が、ついには、庭の向こうの離れにいってしまったこと。

台所のテーブルには、子どもたちにお茶とお菓子を用意していた。

帰り際に、「通り庭」に興味を感じる子がいる。表の格子戸から玄関に人をみちびく細い石畳の露地。一方は割竹を連ねた建仁寺垣。緑ゆれる篠竹の間には、大きな石がくりぬかれた穴に深い井戸がある。簀の子でおおっていても、覗きこもうとする子どもたち。

井戸を見れば涸れたはずの水光る
地下深く東三条殿の水脈に通じた
「夜にまぎれてこちらにおいで」
今夜　藤原兼家さまと密会
われ知らず溺れ　もぐる息苦しさ
ようやく　井戸までたどりついた
篠竹さやぐ　春の夜明け

「通り庭の井戸」の詩をわたしは書いていたけれど、小学校三年の子どもたちには読ませられない。質問責めにあうだろうから。

賀茂祭の時代

今年も五月晴れ、新緑の御所で葵祭を観た。『源氏物語』千年紀とやらで、京都周辺はすでにさわがしい気配である。千年前に成立した世界最古の優れた長編文学のなかに登場する賀茂祭（葵祭）として、例年にもまして今年は力がこめられていた。

たとえば、葵祭のヒロイン斎王代のまとう十二単が今年、二十五年ぶりに新調された。あでやかな紅梅色に金の織紋が浮き出す唐衣と表着である。人間国宝の有職織物作家、喜多川俵二氏が、源氏物語絵巻を参考にして装束を手掛けた亡父の跡を継いで制作された。

その後も下鴨神社では、源氏物語絵巻に描かれた女房の十二単が新調された。紅葉襲の五ツ衣、唐草模様の赤い表着、白い唐衣、青い波模様の裳、袴などが作られたのである。

今年の五月十五日は木曜日にもかかわらず、沿道には十万千人が繰り出したという。

毎年の葵祭は、「宮中の儀」を終えて行列が出発する御所で、気ままに観るのがわたしの慣わしである。何しろ約五百人と馬三十六頭、牛四頭の悠長な行列なので、友達と話しながら、藤の花房ゆらして歩む牛車を眺め、草木染めの王朝装束に眼を楽しませる。

平安時代の賀茂祭行列は、内裏から歩いて一条大路を通り、下鴨神社に入った。一条大路より北は悪路であったせいもあり、多くの都人たちは、一条大路あたりで賀茂祭を見物していたのだ。しかも、神事よりも優雅な祭列を観るのが楽しみであったというのだから、わたしたちと似たようなものである。

今も行列の最終地点である下鴨、上賀茂の両神社では古式に習って神事が行われる。下鴨神社では、馬寮使《めりょうつかい》が神馬二頭をひいて舞殿の周囲をめぐる「牽馬《ひきうま》の儀」、六人の舞人が優雅に舞い踊る「東遊《あずまあそび》」が奉納される。

上賀茂神社では、鳥居の前で腰輿《およよ》を降りた斎王代を中心に、豊かな色彩装束の女官たちが雅楽の調べに導かれて参道を進んでいく。

いずれにせよ葵祭は、源氏物語の時代の貴族社会を幻想するよすがとなる気がする。

いま京都文化博物館では「源氏物語千年紀展」を開催している。散歩がてらに見に行ったところ、思わぬ人出であった。ようやく、巡り会った源氏物語図屛風は土佐光文による

「若菜上」の一場面である。

桜咲く六条院の庭で四人の若い君達が蹴鞠をしている、その中に柏木がいる。柏木は（かりそめに立ちまじり給へる足もとに並ぶ人なかりけり。容貌いときよげになまめきたる様したる人）である。（小学館『源氏物語』若菜上）

貴族は何事も真剣にはならないけれど、和琴の名手で、蹴鞠も一流、そして美男である。

「花がひどう散るようやねえ。風も桜をよけて吹いてくれたらええのに」

かねてから思いを寄せる女三宮の御簾の方を振り返り流し目で見ている柏木。突然外へ出てきた唐猫の仔、大猫が御簾を引き上げ走り出た拍子に、御簾の端が開いて内側があらわになり、女三宮の立ち姿をかいま見た。

同じ場面が西川裕信の源氏物語図にある。いずれも、惹きつけられ振り返る柏木の目と、御簾の間から顔出す女三宮の目が恋する予感を描いているが、単に柏木の片思いである。物語の女三宮は光源氏の正妻でありながら、実は自分にも他人にも無頓着な、幼稚でかわいらしいだけの頼りない女である。

やるせない心の慰めに、女三宮の猫を譲り受けて抱きしめ、異様なほど愛玩していた柏木。女三宮の姉を妻にしてもなお、女三宮への執着が断ち切れず、思い悩み続けていた。

まさに賀茂祭の御禊の前夜。奉仕に加わる女房たちは晴れ着の準備に忙しく、見物に行く人たちも用意にかまけて、人少なくひっそりした六条院に、柏木はしのび入る。眠っている女三宮を、うやうやしく御帳台から床の下に抱き下ろす柏木。

「取るに足らへんわたしですけど、昔からお慕いしていました。身分が及ばへんので、だれよりも深い気持ちを抑えてしもうたことが、いまになってほんまに口惜しいて、つろうて、うらめしいて、悲しいて……」

くどくどと口説く柏木に、子どものようにふるえて何も言えない女三宮。宮を抱き上げ
「一言でも答えていただけしませんやろか。そやないと情けのうて、無分別にもなります……ほんまに冷たいお心、わたしの正気も失せてしまいました」とおどす柏木。賀茂祭前日の明け方、女三宮は懐妊したのである。

罪の意識にさいなまれ閉じこもっていた柏木も、賀茂祭当日は祭見物に出かけている。


五十四帖すべての絵と詞書を備えた、源氏物語画帖の「柏木」の場面には、柏木と女三宮の子、薫の五十日の祝いの日の様子が描かれている。自分の子として薫を抱く源氏。出産の後、出家した女三宮は御簾の奥に隠れて。

(「あはれ、残り少なき世に生い出づべき人にこそ」とて、抱きとりたまへば、いと心やすくうち笑みて、つぶつぶと肥えて白ううつくし。大将などの児生《ちごお》ひほのかに思し出づるに

は似たまはず）（小学館『源氏物語』柏木）

彩りの菓子や祝いの品々、薫の出生の秘密も知らず、晴れやかに振る舞う女房たちを見るにつけても、四十八歳の源氏は表情には出さず、つらい気持ちに沈んでいたのである。

歴史人類学者の中村修也氏によれば、賀茂祭は本来、上下の賀茂社で五穀豊穣を祈願する豪族、賀茂氏の氏族祭礼であった。山城国に平安京が造営される以前から、藤原京や、平城京にまで、賀茂競馬などでも知られた賑やかな祭であった。賀茂祭は平安京の成立とともに、国家行事へと変化したのである。

平安末期に成立した三十一巻からなる膨大な説話集『今昔物語集』の、中でも本朝世俗説話には、貴族ではない人々の立場から見た、賀茂祭に関する話がいくつか含まれている。京ことばを加え、口語訳をしてみた。

加茂祭日一条大路立札見物翁語

（小学館『今昔物語集』巻第三十一より）

賀茂祭の当日、明け方から一条大路と東洞院大路の交差点に仰々しい高札が立っていた。

「此ハ翁ノ物見ムズル所也。人不可立ズ」

「きっと陽成院が祭の見物をされるために立てられた高札やろう」と思い、徒歩の人は近寄ることなく、まして牛車という牛車は高札のそばに止めるわけもなかった。

ようやく祭の行列が見え始めたころ、浅黄色の上下の衣装を着た老人が現れて、悠然とあたりを見渡し、扇であおぎながら高札の下で見物して、行列が終われば堂々と帰った。

「陽成院が見物されるもんやとばっかり思うてたのに、どうしはったんやろう」

「札を立てておきながら来はらへんて、おかしなことどすなあ」と不思議がっていた。

「そういえば、あの見物してたおじいさんの様子が、なんやら怪しい気がしましたえ」

「もしかしたら、院がお立てになった高札に見せかけて、あのおじいさんすこいこと！自分が見物するのにええ場所取っといたんと違いまっしゃろか？」

人々がやかましく、不満げに言いつのっていたのが、陽成院の耳にも届いたのだった。

「その翁を召し出して問え」とのことで、老人を捜し出せば、西八条の町会長であった。

「わたしはもう八十歳。祭見物なんかしょうとも思うてしまへなんだ。ところが今年は孫が内蔵寮の少使で行列に出ますのや。その晴れ姿をどうしても見とうて。そやけど、人混みのなかでは踏み倒されて死んでもつまらんと思うて、高札を立てさしてもらいました」

と老人は申し開きした。陽成院はこの話に感心されて、すぐさま帰された。

家に帰った老人は得意満面で妻に言った。
（「我ガ構《かまへ》タリシ事、当《まさ》ニ悪《あしからむ》ヤ。院モ此《か》ク感ゼサセ給フ」）
「どうや、わしの計画うまいこといったやろう。陽成院もだまされて感心してはった」

賀茂祭を見物するために、身分の高い貴族たちは一条大路の両側に趣向こらした桟敷を設け、騒々しく物見車で場所取りもしていた。だから源氏物語に描かれた葵の上と六条御息所の車争いのような出来事もあり得たのだ。女房たちが御簾の下からのぞかせる十二単の袖口の華麗さにため息をつく大衆。都市民が少しでもいい場所で祭見物しようとすれば、悪知恵を働かすしかなかったのかも知れない。

あるいはまた、これも都市民からかけ離れた存在であった東国で名高い武人たちの、賀茂祭見物を揶揄するような話もある。

頼光郎等共紫野見物語

（小学館『今昔物語集』巻第二十八より）

むかし摂津の守源頼光の郎党に、坂田金時など三人の武士がいた。いずれも容姿堂々として武芸に優れ思慮もあり、東国でも素晴らしい働きをして人に恐れられた武士たちだ。賀茂祭の日、三人がどうしても一度は祭の行列を見物したいものと話し合う。馬に乗って行くのも野暮な気がして、他人から牛車を借りて御簾を降ろし、女房車をよそおって京へ向かった。ところが三人は車に乗るのは初めて。箱の中に入り振り回されたように頭をぶっつけ、目を回し車に酔う。田舎なまりを丸出しに大声で叫ぶが牛は止まらず、そのまま都大路を突き進み早く着き過ぎたのだ。

三人が死んだように眠っている間に祭行列は終わっていた。勇敢な武士たちとはいえ意気消沈して、大路に人影がなくなるのを待ち、遠路を、牛車ではなく徒歩ですごすご帰ったということである。

そのほかに賀茂祭の行列に出る側の人で、人気の役を務めた元輔が、大失態をやりながら、笑う相手に面白い説教をする話がある。

歌読元輔賀茂祭渡一条大路語　　（小学館『今昔物語集』巻第二十八より）

清少納言の父で三十六歌仙の一人でもある清原元輔が、賀茂祭行列で内蔵助の役になり、飾りつけた馬に乗って一条大路を通っている時、丁度若い殿上人が大勢見物している目の前で、馬がつまずき頭から真っ逆様に落馬した。元輔はすぐ起き上がったが、冠が落ちて丸見えになった頭には髪の毛がなく日に輝いて、見物人たちが大笑い。それに対し、彼は言葉巧みに文句をつけてさらに笑わせたという。

こんな場面は現代の葵祭でも想像できるけれど、さらに笑わせる機知はないだろう。

「公家方は馬から落ちて冠を落とした私を、あほな男やと思うてはりますやろう。そやけど、でこぼこ道でけつまずいた馬を憎い奴とは思えまへん。それに冠は紐で結びつけるもんではないのですよ。冠の中にかきこまれた髪で、冠は頭に止まるもんです。私の髪はもうすっかりなくなってますのや。落ちた冠を恨む筋合いでもありまへん。事情も知らはらへん近ごろの若い公家達が笑わはるのはおかしなことです」

元輔は言い終わってから、大路の真ん中に突っ立って大声で命じた。

「冠を持ってまいれ」

再び冠をかぶったとき、これを見ていた人々はいっせいに爆笑した。そのまま元輔は馬に乗り、もとの行列に加わったということである。

この夏訪れたアラスカ

ドキドキするような旅がしたい。
「世界紀行」のページをくっている時、これだと思った。いつも文句の多い夫もこのプランばかりは同意してくれた。飛行機、客船、鉄道を乗り継いでいく「グレイシャー・ベイと大自然デナリ十四日間」の旅である。アラスカの夏の気温は十二度から二十二度という。例年七月十七日、祇園祭の山鉾巡行の日だけは京都を留守にしたくない、わたしの旅の出発は七月二十六日、耐え難く暑い日であった。

ＪＡＬ・０１８便で成田を出発、日付変更線を通過し（同じ日を繰り返し）バンクーバに到着。きびしいセキュリティー・チェックの後、両手人差し指の指紋と顔写真までとられた。さらなる審査の後、やっと乗船できるのだった。

第一日目。先ず「サファイア・プリンセス」号、五階吹き抜けロビーに案内された。落ち着いた木目が多用され、非日常を演出するインテリアも予想以上に優雅である。ここで、ツアーのメンバーが紹介された。福岡、広島、徳島、京都の夫婦とコンダクターで九人だ。二千数百人の乗客と、千二百余人の乗組員の内、日本人はおそらくこれだけ。この時点では全長二九〇mという船の広さも認識できず。船室のキーであり、船客を証明するカードを受け取って向かう、わたしたちの船室は九階の海側、船首に近いミニ・スイート。この部屋で七泊八日の船旅が始まる。

すぐさま、救命胴衣装着の講習のために、七階デッキから大ホールに入った時、恐ろしい人数の乗客の存在を目撃した。そして、夕食時に船内を移動するだけでも、大いに歩かねばならないことを実感。運動不足の懸念は、即日解消された。ちなみに「サファイア・プリンセス」は、日本の造船所で二〇〇四年に建造された最大の客船だという。

第二日目。部屋に配られた船内新聞によれば、バンクーバーを出航した船は、カナダの海岸線をアラスカに向かって北上している。終日インサイド・パッセージ（島々とフィヨルドの水路）の航海である。船が動いている実感はないけれど、時をおいてバルコニーに出てみれば、景色は変化している。

朝食は五階後方のインターナショナル・ダイニングで、色々注文してみたがとても美味。船内見学ツアーに参加し公的スペースを案内されたが、一度に把握は無理だ。五カ所のメインダイニング、バー、シアター、ラウンジ、カジノ、プール……費用はクルーズ料金に含まれるが、ギャンブルと美容は例外とか。

この日は十五階のデッキにも上がり、風に吹かれながら両手を広げ、映画タイタニックの真似事までして、歩数は一万歩に達した。

ウェルカム・カクテルパーティーの後は、サンタフェ・ダイニングでの夕食である。服装はフォーマル。外国の女性はおきまりのロングドレスできめる？　そればかりではない。非日常のお気に入りを着て楽しめばいい。時には異国の人が、ビューティフルと言ってくれたり。それよりも、男性がフォーマルを着れば七難隠す、とわたしは思っている。

日没は午後十時前。シアターでは、ダンス・ミュージックショーが始まっている。

第三日目。早朝、アメリカ、アラスカ州最南端の町ケチカンに入港、午後に出航する。大勢の船客が下船するので大変かと思えば、各階にチェックカウンターがあり意外にスムーズ、半日バスツアーに出かける。世界で最も雨量の多い地域で雨、霧に被われ肌寒い。

伝説の霧女の仕業かもしれない。かつての「サーモンの首都」ケチカン。鮭の孵化場で薔薇色の巨大キングサーモンがひしめくように泳いでいた。他の川でも浅瀬で泳ぐピンクサーモンを見た。

この時期は熊も現れる。熊に出会った時は、死んだふりしてうつ伏せ、次に両手を広げ大きく見せ「ヘイ・ベアー」と大声かけると熊は逃げ出すとの説明。博物館で見たグリズリーの想像を超える巨体……先の注意は何だろう？

保護された白頭ワシと大ミミズクを触れんばかりの距離で観察、バサバサッと大きく羽ばたく音を聞いて、野生の鋭さにときめいた。空飛ぶ姿が見たい。動物にも出会いたい。

トーテムポールには興味がなかったが、遺産センターで見た二百年前の朽ちかけた大木に刻まれた芸術的な女の顔は霧女だろうか？　白頭ワシ、オオカミ、ハイイログマ、クジラ、カエル……動物も人も伝説を担っているのだった。

船に戻りランチをとろうとした時、レストランの窓辺から「オーッ」と言う声。初めてクジラが尾びれを垂直に立てるのを遠目に見た。上半身が躍り上がるのを見た人もいる。われ知らず興奮してしまった。

第四日目。船は水路や海峡を通過し、朝八時アラスカ州都、ジュノーに入港停泊する。

バルコニーにでてみれば、他の大型客船も四、五隻停泊している。ジュノーは金を発見した人の名前だ。港の近くには貴金属店が軒を連ねている。朝食はルームサービスで済ませ、早々と船を下り、バスで町から北へ二十一km、メンデンホール氷河を見に行く。

天気は晴れ。ガイドの少年は何日ぶりかで太陽の顔を見たと喜んでいる。氷河への道を歩くのに夏服の上にフリースとヤッケを重ねる。道端に小さな花々が咲いていて空気がおいしい。青い氷河湖の上に氷壁（湖面上の高さ三十m、全長十九km）が見える。純白に青い裂け目、無数に走るクレバスが神聖な装飾に見えてくる。

ここはヘリ・ツアーが人気である。氷原を空から楽しみ、氷河に着陸して散策したり。先日、このツアーに参加していた子供が足を滑らせ、クレバスにはまり落ちたという。すぐそこに子供の顔が見えているので、父親が手をさしのべたが、助けることは不可能だった。もがく子の体温が氷を溶かし、深いクレバスに飲み込まれていった。自然の恐ろしさ。氷河の青は美しくも残酷な色であった。

第五日目。船はアラスカで最も小さな町スキャグウェイに停泊。人口八百人の町は、大型客船から下りてくる人々でふくれあがる。

新田次郎著『アラスカ物語』の資料によれば、ゴールドラッシュは一八九八年ごろである。現在のスキャグウェイにたちまち港ができ、そこから険しい山道を七十二km歩いて金鉱めざした、黄金亡者は約三万五千人。その中には日本人が含まれていたかも知れない。

明治元年生まれのフランク安田と呼ばれる男がアラスカの地に渡っていて、エスキモー社会に受け入れられる。捕鯨や狩猟生活から飢餓に陥った彼等を率いて原野を越え、民族移動を達成、ビーバー村を創立した。砂金発見にも成功しジャパニーズ・モーゼといわれた安田。実話を基にした『アラスカ物語』は読みごたえ十分である。

今朝ホワイト・パス・ユーコン鉄道に乗った。「あなたは黄金の夢を求めた山師たちを運ぶために万難を乗り越えて造られた列車に乗っています。心地よいリズムに揺られて……」といわれても、花崗岩の険しい山際、深い谷間を通り抜ける列車は激しく揺れ、決して心地よいものではなかった。途中には、黒十字架岩（爆破事故で亡くなった人の墓）や、死馬峡谷（三千頭の死馬を棄てた谷）などあり。

午後は一世紀前の町並みを散策。夕食は船サバティーニで特別においしい料理をいただいた。服装はスマート・カジュアル。記念に求めた氷河色の石を指に。

その夜わたしたちは六階の異空間、カジノにいく。運試しのルーレットはいい調子だったが、ブラック・ジャックでは過剰なカードばかり。初心者のわたしを気づかい、クールな青年がそっと指先で合図をしてくれていたのに。管弦楽のコンサート、モーツァルトで気を静める。

第六日目。朝六時前から午後三時まで、船は（アラスカ唯一の世界遺産）グレイシャー・ベイ（氷河湾）国立公園をゆっくりとクルーズ。この湾には十六もの氷河が直接海に流れ込むのだ。特に西側のフェアウェザー山（標高四六〇〇ｍ）から流れ出た氷河が、この湾に達するのに三十㎞しか離れていない。これほどの傾斜は世界一だということである。

いっときバルコニーを覆いつくす
純白の氷壁は透明な青に輝く
グレイシャー・ブルー
静寂の神秘にひたる間もなく
恐怖の音響とどろき渡る
崩落する氷河の悲鳴
ホワイト・サンダー
アラスカ湾を流れる氷河のカケラ
アイスバーグ

太古の気泡を吐き水に返っていく
何億年もの地球歴史に織り込まれ

旋回する船。波静かな氷河湾を漂流する無数の氷塊。時には、うごめくアザラシの子を乗せて。急いで十四階のデッキに上がり、この世のものと思えない雄大な白の世界に取り囲まれながらブッフェで軽食。こんな時、フレンドリーな外国人たちと交流する夫に対し、片言で微笑むばかりのわたし。クラブ・フュージョンで大ビンゴ・ゲームに挑戦したけれど、運はついていなかった。プリンセス・クルーズも、後一日を残すのみ。

今夜は、さよならパーティーである。服装はフォーマル。晴れ着で装ったカップル、家族たちが五階ロビーに集い、それぞれが主役。おとなしくカメラマンに従いポーズまでつけられ、順番に記念撮影におさまっていく。明日の午後、引き延ばされた写真がギャラリーに並び、気に入れば買う（五枚＄100）。

サボイでのディナーに大満足。船内ダイニングのメニューは、前菜、スープ、メイン、デザートと各々にいくつかの種類が用意され、選んで組み合わす方式なのがうれしい。

十一時から吹き抜けラウンジでは軽快な音楽が始まり、グラスを積み上げてシャンペンを注ぐ「シャンペンの滝」が出現。船に乗り合わせた人々の渦中でジルバ。夫もだれかとダンス。見覚えあるウェイターがタキシード姿で現れ、わたしをくるくると軽く右に左に回してくれるのだった。

第七日目。カレッジ・フィヨルド入港。アラスカ半島付根の湾に面した多数の氷河が目前。各々に探検家の出身大学名がつき、エール氷河、ハーバード氷河など。デッキから、太古の姿を留めた氷河が海に崩落する瞬間に立ち会う不思議。付近にはラッコ、シャチ、パフィンなどが住んでいるらしいけれど。

第八日目。下船はカジノから。早朝出発しウィッティアから、マッキンリー・エキスプレス展望車に乗る。天井まで透け快適な車内からアラスカの風景を見る。濃い青空、はるかな雪山、広大な原野、水鳥のいる瑠璃色の湿原、黄、紫、炎の雑草咲く草原、崖の高みにドールシープを見た。茂みからムースが出て来るかと期待したけれど。食堂車ではトナカイのシチューが出た。
「向こうにマッキンリー山が見えるはず」指されても白い雲、ロッジの庭からも見えず。最後に、アンカレッジに向かうアラスカ航空の窓から見た、神々しい純白の山襞であった。
アラスカの地に足つけた短い旅が始まる。デナリ国立公園では、レンジャーがスクールバスで案内してくれる。四国ほどの面積の中に何万頭の野生動物や鳥類が生息していても、出会いは運まかせであると知った。グリズリー、白頭ワシ、ムース、オオカミなど絶滅危惧動物が自然の生態系で守られている。荒々しい岩肌、針葉樹と白樺ばかりが広がり。

チェナ川とタナナ川の外輪船クルーズが楽しかった。河岸で行われる犬ぞり訓練、小型飛行機のアクション、原住民文化の紹介など両岸がイベント会場だ。

フェアバンクスの町では、民家の裏庭に小型飛行機があるのを目にした。そして家の周りは、短い夏に咲き誇る色あざやかな花々が印象的である。

「土地の人々は長い冬があるからこそ、花の季節を愛でる」と書いた写真家、星野道夫を思い出す。彼が学んだアラスカ大学の博物館で、素晴らしいオーロラの映像を見た。

「自分の短い一生と原野で出会うオオカミの生命がどこかで触れ合っている」と考え、熊を愛し熊に襲われた星野道夫は、いまもアラスカの原野をさまよっているだろうか。

医者と典薬頭《てんやくのかみ》

医者嫌い、検査嫌いを通して元気に過ごしてきたわたしに、思いがけない試練の時が訪れた。時として胃がしくしくする感覚があり、病かと思えば増幅していくのだった。ついに、胃カメラでも飲まされるのではないかと、つらい覚悟をきめて国立病院へ行く。
八年前に胆石の手術を受けた経緯もあり、旧知の外科医とはいえ、わたしは白衣の姿を前にして子供のようにかしこまってしまう。彼が指示したのは胃カメラではない、いくつかの検査であった。当然、その指示に従う。

CT　MRI　PET
孤独なカプセル

騒々しく忙しい閉所
輪切りにされていく身体
縦横斜めに撮られる体内
コンピュータ画像に暴き出され
生まれて初めて対面する内臓
知らず胃の後ろに隠れていた
膵臓はピストルの形して
ミステリアスな
空豆形の弾を込めている

画像を見ればすべてが理解できるはずといわんばかりの、外科医の説明にわたしは追従しがたいものがあった。というよりも、おびただしい数の画像がわたしの理解を超えていたのだ。あのふっくらとした空豆が悪者とは思えないまま、わたしは軽く話した。

「膵臓がんの手術をされて三年目という詩人にお会いしましたけど、元気でしたよ」

そのとき答えた外科医の言葉に、わたしは少なからず傷ついていたことを後に知った。

「それは何かの間違いではないですか？」

丁寧にお礼を言って部屋を出てきた。

その夜は足あらい（慰労宴）のように、夫と二人で日本料理を楽しんだ。ここまで生きてきたらもういいのではないか。友達よりもすこし早く世を去るのも悪くはないと、妙にさばさばした気持ちになってきた。間もなく、わたしの体は浮かび上がってきた言葉通りに、病の末期症状を呈し始めた。昨日まで動き回っていた体がどうしようもなく辛い。「病は気から」……何日か後にやって来た息子（医者）に突きつけられた、単純な言葉が呪文となり、全身に及んで、わたしは元気を取り戻していくのだった。まだその時ではないと体が反応したのだろうか。不安をかかえながらも、従来通りの活動を始めることができるようになったのだ。恥ずかしいことに。

わたしの膵臓が抱いている空豆、あるいはお多福豆（嚢胞）は何者なのか判然としない。NHK出版の情報誌によれば「一般に膵臓がんという場合は浸潤性の膵管がんを指している。同じく膵管の細胞からできるものに嚢胞腫瘍と呼ばれるものがある。これは進行が遅く、転移もまれで治りやすいタイプ」とある。

もしも他の臓器に転移していれば、がんであることが証明される。というのでPET検査を受けたけれど、全身に異常集積はみられなかった。しかし、この検査では四ミリ以下の転移を発見することは不得意なのだという。しばらく間をおいて、勧められるままに、検査入院して肝生検なる痛い検査も受けた。このかぎりでは悪い細胞は出なかったのだ。だからといって、転移の疑いが晴れたわけではない。しばらく、このままそっとしておきましょうという意見もでてきた。

巨大な吹き抜けかこむ
ドーナツの片隅に腰掛け
なかながと待ち続ける
絶え間なく目の前を泳ぎ行く
回遊魚たち
純白魚の精悍な泳ぎ
着ぶくれ魚のマイペース
壊れかけた魚のあやうさ
笑顔を知らない魚たち
いつの間にか　わたしも魚

セカンド・オピニオンをきくために検査資料を持参し、わたしは夫と共に大学病院を訪れた。吹き抜けの明るい建物の一隅で待つ。その前を医療関係者や病人らしき人々が通過する。午前十一時の予約が午後二時半を過ぎて対面が許された。気鋭の膵臓専門医である。

検査画像を掲げ、わたしたちを一瞥した医者の目は冷ややかで、何となく居心地の悪い思いがした。わたしの上腹部を見て聞かれる。

「この傷は何ですか?」

「胆石の手術のあとです」と言えば、

「何でそんなもん切ったんですか? 内視鏡というものがあるのに」

切った人はわたしではない。

そして、肝生検を受けたことについても、

「何でそんなことするんですか? 何べん針でついても同じことやのに」

と彼は言った。あの痛い検査を好きこのんで受けたわけではないのに。

「患者というものは、自分の病気を軽く思いたがるもんです」と彼は言うのだった。

「膵臓がんは、肝臓に転移もしてると思いますけどね、証拠がない。だから難しいところです。ここは治療する所ではないので」

別れ際には、少し人間味も見えてきたような気がする。大学病院の先生に貴重な時間をさいてもらったことを詫びて帰ってきた。用意していた、いくつかの質問もすることはなかった。わたしはあの病院に通う気はない。けれども、いらいらする医者の気持ちもわからないわけではないのだった。

数多い患者のため、朝から午後三時、四時まで食事もとれず、トイレにも行けない過酷な勤務医の日常を、息子から聞いたことがある。大学病院ならさらに大変だろう。同じ大学を卒業した息子はいま別の病院で働いているのだけれど。

それにつけても思い出すのは、千年前の医者と患者の悠長でしゃれた関係である。今昔物語には、典薬頭（医薬を司る典薬寮の長官である医者）と、難病の女患者の関係が見事に語られている。小学館日本古典文学全集『今昔物語集』により、わたしなりの口語訳をして、あまりにも現代と立場の違う二者の関係を取り出してみる。

女行医師家治瘡逃語《おんなくすしのいえにいきてかさをじしてにぐること》

むかし、典薬頭となった有名な老医がいた。ある日、この医者の邸に高級な女車が到着し、はなやかな色の衣装をちらつかせている。

「どこのお車ですか？」と尋ねても答えもせず、門の中へ入り込んで来るのだ。牛を車からはずし、下人たちは門のそばにひかえる。その時、医者は車に近づいてたずねた。

「どなたさんがおこしやしたんですか？　どんなご用ですやろう」

車の中の人はそれには答えないで言う。

「適当なお部屋をしつらえて、わたしを降ろしてくれはらしませんやろか」

その声はしとやかで、愛嬌があるのだった。

医者はもともと多情な老人だったので、よろこんで奥まった離れの部屋を掃除し、屏風まで立ててしつらえた。

「ちょっと向こうむいてとくりゃすな」

女が扇で顔隠しいざりおりると同時に、下人たちは牛を車につけ飛ぶように去った。

部屋に落ち着いた女に、医者が言った。

「どんなご用か言うてくれはらしませんか」

「お入りやす。恥ずかしがらしませんし」

向かい合った女は三十歳ばかり、目鼻立ちが魅力的で、香たきしめた高級な衣装をまといながら、思いの外うち解けた様子である。

三年前に妻を亡くした医者は「希有《けう》ニ怪《あやし》」と喜び、「何様ニテモ此ハ我ガ進退ニカケ」この女を我が物にしたいと思うと、独りでに顔に笑みが浮かんでくるのだった。

「人ノ心ノウカリケルコトハ、命ノ惜サニハ、万ノ身ノ恥モ不思《おもわざ》リケレバ、只何ナラム態《わざ》シテモ、命ヲダニ生《いき》ナバト」女は思った。

「命さえ助けてもらえるのやったらと、恥ずかしさも忘れてここに寄せてもらいました。いまは生かすも殺すも先生のお心、この身をお任せいたします」

女は泣きながら話すので、医者も同情し、

「一体どうしはったんですか」と尋ねた。

女が袴を引き開けると、雪のように白い股が見える。袴の腰ひもを解かせ、医者は前の方を見たが毛の中で患部が見えず、手で探れば秘所の近くに腫れ物があるのだ。さらに、よく見ると命にかかわる腫瘍である。

長年、優秀な医者として生きてきた意地で、この難病にあらゆる手をつくし、是が非でも治療してみせようと、医者はその日から人を寄せつけず、夜昼もなくたすきがけして自ら治療に専念した。

七日ばかり治療すると腫瘍は消えたのだ。医者はうれしくなって「今暫クハ此テ置タラム」と思い、もう冷やすのはやめて茶碗に入れた摺り薬を鳥の羽で日に五、六度つけるだけにした。「今ハ事ニモ非ズ」と喜びながら。

「あさましい有様をお見せいたしまして」女は言う。

「ほんまにお恥ずかしいこと。これからは先生を親と思うて尊敬します。ほんで、わたしが家に帰る折はお車で送ってくれはらしませんか。その時には隠さんと、わたしの名前も申し上げますし」

医者はもう四、五日は泊まっていくだろうと気を許していたところ、女はその日の夕方綿入れの夜着一枚だけ着て逃げ去ったのだ。

「タノ食物参ラセム」と、何も知らない医者は自らお盆を持って離れの部屋に入って行ったが、だれもいない。トイレにでも行っているのかと思い引き返した。

日も暮れたので「先ズ火灯《ひともさむ》」と思って、医者が燭台に明かりをつけて離れに行ってみると、女が着重ねていた趣味のよい衣装や、袴が脱ぎ散らされたままである。

「長いこと屏風の後ろに隠れて何してはりますのや」と思って覗いてみてもいるわけはないのだ。ただ美しい蒔絵の櫛箱が残されていた。

「ナキニヤ有ラム。此人ハ逃ニケルナメリ」と思えば、医者の胸は塞がり途方にくれる。すぐ門に鍵をかけて、大勢の人々が手に灯火を持ち家中を探し回ったが、見つからず。医者は女の顔立ちや仕草の面影が浮かんで、どうしようもなく恋しく悲しくなる。「不忌《いまず》シテ本意ヲコソ可遂《とぐべ》カリケレ」治療してからと思って避けていたことが口惜しい。だまされ逃げられたことが妬ましくて、医者は地団駄を踏んで泣くのであった。

弟子の医者たちは隠れて大笑いしていた。世間の人もれ聞いて、笑いながら事情を問うので、医者は憤慨し、しきりに弁解した。

それにしても、賢い女がいたものである。女はついに、どこのだれともわからず終いだったと伝えられている。

羅刹《らせつ》の女
――食人鬼で毘沙門天の一族

「納豆とクロレラは食べないでください」

と医者に言われた覚えのある人は、たぶんワーファリンという薬を飲んでいる。ある時ふくらはぎが痛み歩行にも困難を感じた。まさかと思ったが、ことさら桜の季節、わたしは二十日間の入院生活を余儀なくされたのだ。病名は下肢深部静脈血栓症。エコノミー症候群と同じだという。なんで？　書くためにパソコンの前で長時間足を下げ、動かさないのもよくない状態だという。後になってから、平安末期に制作された「病草子」を見ていたら、下腿部のはれた女の絵が面白おかしく描かれていて笑えた。病気にも歴史がある。

今ごろは好きな御所近衛邸跡の糸桜が、花かんざしのように可憐な花をゆらめかせているだろう。八階の病室に囚われの身となったわたしに見えるのは青空ばかり。ふとつけたテレビがまさに、満開の糸桜を映し出しているのに目を疑いながら独りほほえむ。春の宵、ひっそりと眺めるはずの糸桜がテレビ出演とは？　桜の花に執着していた晩年の母を思い出す。源氏物語では、柏木や夕霧の姿も花吹雪のなかにクローズアップされて見えてくる。

病院という異界には時間がたっぷり流れ、人を究極まで単純化するところ。わたしは幽閉された姫であり、夜九時を過ぎれば遊びにひたる王朝貴族の世界にも自由に入っていける。原文中心に講読している源氏物語は年月を経てもまだ終わらないのだけれど、病院では軽く瀬戸内寂聴訳の十巻を読み通す。だからといって、原文の匂いや平安朝の雰囲気を受け取れるわけにはいかないのであるが。

光源氏のいけず、うぬぼれ強さ、残酷さ。それにしても和漢の文芸、香、衣、楽器、絵、書、どれをとっても優れ、博識な男である。レイプされても、光源氏だと知ればだれも文句を言えない優雅な男の魅力。色好みの愛の技は人間離れしている。どこまでも美しく可憐な女を追求するだけではなく、末摘花や源典侍あるいは花散里のように、そうでない女たちを笑いものにしながらも、生涯面倒をみていく優しさもある。

ただ、最愛の紫の上をはじめ、繰り返し出家を願う姫君に対し、決してそれを許さなかった光源氏に疑問を感じていたところ、瀬戸内寂聴氏によれば「出家者は性交を絶たなければならぬという仏教の戒律が、この時代はまだ厳然と生きていたからである」とのことである。

永遠のスーパーヒーロー光源氏が雲がくれした後は、王朝時代の光も失せて、生まれつき身に備わる芳香をもつ薫にしても、香を衣にたきしめた匂宮にしてもヒーロー性がうすれ、より人間的でありもう一つ魅力にとぼしい。例えば宇治の大君は、やさしく添い寝する薫にも恥ずかしがるばかりか、恨みにさえ思い、あくまでも拒み続ける冷淡な態度である。消極的な薫は同衾しながら一度も関係を結んでいないのに、周囲の人々の誤解にまかせている有様などに、わたし、つまり姫は、ひとり苛立ちを感じたりして。

匂宮は、明かりのない時代をいいことに、薫を装って中の君の部屋に忍び入ったり、薫の声色をまねて浮舟と契ったりする。薫と匂宮は分身関係にあるという。宇治の山荘を訪れた匂宮は、いきなり浮舟を抱きかかえたまま小舟に乗せ、宇治川の向こう岸まで漕ぎ渡る風景は印象的だが、一生面倒を見ていく気持ちはなく、その点は薫も同様なのだから。

いずれにしても、紫式部によれば、

「光隠れたまひにし後、かの御影にたちつぎたまふべき人、そこらの御末々にありがたかりけり」

（小学館日本古典文学全集『源氏物語』より）

病院という異界からみれば、廊下の奥のガラス戸の向こうに、赤い光の帯のように広がっている京都の夜景が、まるで浄土のようにまばゆく美しい。朝になってみれば、灰色のビルが建ち並び美しい方角でもないのだったが。

八階の病棟を歩き回れるようになってからは、さらに驚きの発見をした。ここは伏見区藤森。すぐ南隣に、姫が十八歳から二十一歳まで過ごした大学があるのだった。病棟角にある談話室の窓からグランドが見え、何人かの学生がサッカーの練習をしていた。後ろに大学の森が広がり、点在する校舎はより深くなった緑に隠されている。春休みのこととて学生の姿も見えず。あのころは近くに国立病院があるなんて全く知らなかった。

幽閉された姫が歳を重ね、病院の窓から、青春時代をちらりのぞき見るのも悪くはない。「ローマの休日」よろしく男子学生の腰に腕まわし、オートバイで緑のキャンパス駆け抜けた。当時の定期券は四条河原町が起点で便利この上なく、帰りには、数多くあった喫茶店のどこかに立ち寄り、音楽ききながら長々と話し込んでいたものだ。フランソワ、ルーチェ、ラ・クンパルシータ、ソワレ、夜の窓、田園、六曜社、再会、双葉、築地……。

四条河原町付近には書店も映画館も集中していたし、時には安く歌舞伎を観る機会もあり。いつ勉強していたのだろうか？

そんな姫にも、胸の内側に血がにじむ思いをしていた日々もあったのだけれど。

キーワードは血、ふくらはぎ、よほろ筋（膝の後ろにある大きな筋肉）、これらが損なわれると歩行不可能になるという。

幽閉された姫は、世界が天竺（インド）、震旦（中国）、本朝（日本）に三分されていた何千年か前の今昔物語の説話を思い出していた。そして想像する。もしや、天竺から流転した「羅刹の女」が輪廻転生していまに生き、因果応報を受けている、それが姫自身の姿ではないかと。例によって、興味深いその話を姫なりに描き出してみることにした。

僧迦羅《ソーカラ》・五百人の商人、共に羅刹国に至る話　（講談社学術文庫『今昔物語集』より）

むかし、天竺にソーカラという男がいた。彼は財宝を求めるために、五百人の商人を募って共に一艘の船に乗り、南海に向かって船出した。ところが海上でにわかに逆風がおこり、矢を射るように船を南の方向に吹き流した。なす術もなく、船は大きな島に吹きつけられたのだ。ソーカラたちは見たこともない世界だったが、ともかく陸地に着いたことを喜び合い、是非を言わずあわてて全員が船から降りたのだった。

商人たちは見知らぬ世界に漂着したことを嘆き悲しんでいたが、しばらくすると、端厳美麗な女たちが十人ばかり現れ出てきて、歌を歌いながらそばを通り抜けて行く。男たちは漂着した土地に、こんなに大勢の美女がいることを見るや、たちまち愛欲の情が生じて女たちを呼び寄せたのである。

女たちはそれぞれに、なまめかしい品をつくり、たおやかに近づいてきたが、近くで見ればいままで見たこともない美しさで、よい匂いがして、いいようもなく魅力的である。

ソーカラはじめ五百人の商人たちはうつつをぬかし、女たちに向かって言うのだった。

「我々は財宝を手に入れるために、はるか南海に船出したのですが、急に逆風にあって見知らぬこの地に来てしまったのです。どうしたらいいのか困りはてて嘆いているところに、あなたたちのお姿を見て、悲しみをすっかり忘れてしまったのです。どうか我々をお連れ下さって面倒をみていただけませんか？　船はすっかり壊れてしまったので、帰ることもできない有様なのです」

女たちは答えて言う。

「わたしらはいつでも、そんな方々をお待ち申し上げてますのえ。どんなことでも心をこめてお言いつけとおりにお世話さしてもらいますわ」

女たちは商人たちの前にたって案内する。家に行ってみれば、広く高い土塀をはるかにめぐらして、城のようにいかめしい門がありその中に皆が入ったとたんに、女たちは錠をかけるのだった。

中には細かく一軒一軒隔てて造られた様々な家がある。ただ不思議なのは、そこには男がひとりもいず、いるのは皆女ばかり。

そこでソーカラはじめ商人たちは、それぞれに好きな女を妻にして住むようになり、互いにこの上なく愛し合い、片時も離れがたい蜜の間柄になった。しばらく時を経て、男たちは気がついた。この女たちは毎日相当長い時間昼寝をするのである。その寝顔を見れば、美しいには違いないが、時として、何となく不気味な気配をただよわせている。

それに気がついたソーカラは不思議に思い、女たちが昼寝している間に、そっと立ち上がった。

あちこち見回っているうちに、その家だけはまだ見たことのない一間の離れ家があった。厳重に土塀を立てめぐらせ、門がひとつあるが、堅く錠がかけてある。

ソーカラは苦心して塀の脇からよじ登り、中を覗いてみるとたくさんの人々がいたのだ。死んでいる者、生きている者、泣いている者、うめいている者など様々である。さらに白い屍、赤い屍が床にごろごろしていた。

ソーカラは生きている一人を呼び寄せると這ってそばにきてくれた。そこでたずねた。

「あなたはどういう方ですか？　どうしてここにいるのですか？」

「わたしは南天竺の者です。商用で船旅をしている途中暴風に合いこの国に漂着しました。美しい女たちに魂を奪われ、帰国することも忘れてここに住みついてしまいました。初めはわたしらを夫として愛し合っているのですが別の商人船が漂着すると、古い夫を閉じこめて、よほろ筋を断ち切り、その血を食い物にしているのです。この女たちは羅刹なのです。羅刹の女は六時間ほど昼寝をします。その間にあなたたちはお逃げなさい。悲しいことに、わたしたちはよほろ筋を噛み切られているので、逃げられないのですよ。その上ここは四方を鉄で固められているのですから」男は泣きながら話してくれたのだった。

ソーカラは早速、女たちが寝ている間に、五百人の商人達にこのすさまじい話を知らせて回ったのだ。

ソーカラが急いで浜にでると、商人たちも後について浜に出た。しかしなす術もなく、はるか補陀落《ふだらく》世界の方に向かって祈るしかなかった。ひたすら祈る声はあたり一面に響き渡る。その時、不思議にも沖の方から巨大な白馬が波を叩きながら出現し、商人たちの前に伏したのだ。ソーカラたちはできる限りこの馬の背にとりついて乗れば、たちどころに白馬は雄壮に海を渡っていくのだった。

昼寝から目覚めた羅刹の女たちは、商人たちがだれもいないことに気づいた。逃げたのだと知ると、ありったけの女たちが先を争って追いかける。さらに、一頭の馬に乗って海を渡る商人たちを見るや、女達は背丈一丈ほどの羅刹に変じ、四、五丈も波の上を躍り上がりながら大声で叫びののしり追い泳ぐ。商人の一人が、妻にしていた女の顔が美しかったことを思い出したとたんに、落馬して海に転落した。即座に羅刹の女たちは、引っ張りあってその男をむさぼり食うのだった。

白馬は南天竺の陸地にたどり着き、そこに伏したので、ソーカラたちは大喜びで馬からおりた。同時に馬はかき消えたのだ。本国（スリランカ）に戻ったソーカラは、この出来事をだれにも話さなかったということである。

姫は思いだした。羅刹の女は、男の体から絞り取った血で染め物もしていた。蘇芳《すおう》色という濃い紫みの赤で、姫の好きな色である。

Ⅱ

前列、（中央）山田英子、（右へ）三井葉子、えいようひろこ
後列、（左から）桃谷容子、（一人おいて）安西均、服部恵美子、大野新、寺島珠雄、倉橋健一、藤野一雄、角田清文

安西さんと京都菓子

ほら、花の雲。これが花の風、花吹雪。あれが花筏……。

安西均さんの口から飛び出す言葉は、三井葉子さんの口に移り、それが伝令のように、後から連なって歩いていく詩誌「七月」の同人達に次々と口伝えられていくのだった。

ハナノクモ、ハナノカゼ、ハナフブキ、ハナイカダ……口々につぶやきながら、そぞろ歩いた春の午後。

東山のふもと、疏水分線の細い流れにそって歩く哲学の道の桜の花は、満開をやや過ぎて、わずかな風に散り初めていた。

両岸から伸びた桜の枝が幾重にも重なって、薄紅い花を奔放に咲かせている下を、時には背をかがめてくぐりぬけられていた安西さんの姿。その肩やほほに花びらが降りかかっていたのが目によみがえってくる。

それは十年も前の四月初旬のころ。「七月」の京都でのお花見会の日のことである。京都ということで、わたしにまかされて選んだのは、南禅寺の料亭「菊水」の離れ。お昼の懐石料理をいただくことになった。

現代詩文庫の『安西均詩集』を愛読していたわたしにとって、とてもまぶしい存在であった安西さんと、真近に並んで食事をしているなんて。少し緊張しながら、花にちなんだ手作りの京都の生菓子をすすめた。

「食べるのがもったいないほどきれいだな」といいながら、一つ召し上った。ふいに、わたしは「日光くさいベッド」というエロチックな詩を思い出して、ひとりはにかんでいたのだ。

庭におりて、うず高く散り敷いた紅しだれの花びらを手につかんで、頭上からふりまいた瞬間をとらえた写真が残っている。

まだまだ若く輝いていた安西均さん、三井葉子さん、そして「七月」のみんな。

わたしの死後にも咲きつづけるだらう
眞贋などと言ふけれど　所詮そんなものだらう

死よりもずーっと遠い崖のやうなところで
ほのぼのと　ほのぼののと混じり合って咲くのだらう。

（「春の眞贋」より）


そしてまた京都の「七月」のお遊び会は、初夏の頃にあった。

やはり会場のお世話をしたわたしは、嵐山、大堰川のほとり、「嵐亭」に席を用意した。

ぼんぼりの明りのある古風な和室で、嵯峨信之さん、大野新さんも御一緒のにぎやかな宴となった。

季節の水羊かん「竹流し」をさし上げると、わたしがお教えした通りに、細い竹筒の先をくちびるに当てて、恥ずかしそうにつるりと吸われた安西さん。

「これは舞妓かなんかに手で食べさせてもらうものだよ」とおっしゃったのは嵯峨さん。

「何だかヒワイな食べ物だね」といわれたのは大野さん。

安西さんの楽しそうな笑顔はいまも鮮明に浮んでくるのだけれど、言葉が思い出せないのが残念である。

一夜を嵐亭に宿泊された明くる日には、ばらの花づくしの家へ詩人たちをおつれした。

各々に名をもち、鮮やかに咲きほこる様々なばらの花にかこまれて、ローズティーを飲み、ばらの花びらゼリーを口にされた詩人たち。その語らいは、何とぜいたくな時間であったことか……。

その家の主であるわたしの従兄がさし出した色紙に、安西さんは、ばらの詩の一節を書いて下さった。

おそい夏のばらよ　あなたはオルフォイスであった

（「薔薇歌」より）

あれはたしか『暗喩の夏』を出版された年のことであったような気がするのだが。定かではない。

「あなたは京都のことを詩や文章で、もっと沢山表現しなさい」と教わったことなど、今に思い出す今日この頃。華やいだ思い出と共に安西さんを偲んでいる。

京菓子まつり

Ⅰ

指をさせば
長五郎どすかと問いかえす
長五郎　おいくつ
長五郎は　かぜひきますし
冷やさんといとくりゃす
その声に愛を感じて少し妬けた
北野の茶会では
秀吉もねんごろにほめたという

長五郎は　男のくせに
もちはだで
青いまま熟した果実のように
過保護の甘さをとどめている

（長五郎餅）

II

直径三センチ　長さ十五センチ
ぬれた青竹の筒なのだ
水てっぽうではない
上部には笹の葉のふたがある
邪険な手つきで
節底に鋭いキリ先を突き刺してから
青竹の切口をくちびるに含み
ゆっくりと優しく吸いこんでいく
何だかヒワイな　という人がいたが
とろりと口中に溶け入ってくる

寒天質の舌ざわりが
夏には無性に恋しい

（竹流し）

Ⅲ

ずっしり重い夏みかん
ナイフで切ると
夏みかんの香気を放つが汁は出ない
果皮の内部には袋も粒もない
切断面は均一に夏みかん色のゲル状
果実をなだめて作られた
だまし菓子には
果実の漿液が滲み出ていてほの酸っぱい
この淡白な味は
重病人でも口にするというけれど
お見舞にさしあげた人は
つぎつぎと亡くなられていく

（夏柑糖）

わたしの京都「六月」

鏡にうつるのは
写真でみた祖母の顔
たっぷりとふくらませた黒髪は
後ろで束ねられているようだ
両頬には笑くぼが浮んでいる
会ったこともないひとの面影が
わたしの顔に重なってうつる
チフスにかかって
夏を越せずに若死にした

〈出好きで　気のええひとやった〉
祖母は　みなづきを食べただろうか

悪魔ばらいの煮小豆を散らし
氷室の氷を形どった三角形の
白い　みなづき
みなづきは邪神の心をなごませ
病を除けるという
六月三十日にみなづきを食べるのは
いつの頃からの習わしか
父　享年四十九歳　おば　三十六歳
みなづきは食べていたのだろうか

茅《かや》をまたいで　左まわり
も一度またいで　右まわり
さらにまたいで　左まわり

あおあおと　なわれた茅《ち》の輪をくぐって
夏越の祓
はらい落したはずの　けがれを
また身にそわせはじめている
わたしは　みなづきを食べる
つるりとして　とらえどころないほの甘さに
遠い血脈を意識しながら

生まれた家

一匙の食物を
幼いわたしの口に運ぶのは
父好みの切れ長な目の女
女の子を美しい女の手に委ねるのが
父の思い入れ

曲り階段の上に扉があり
開けば
吹き抜けの梁にせり出す

半畳ほどの板間
商売ものの金粉が
うっすらつもる手摺にかくれ
いけずな鳥の目で
通り庭や台所にうごめく
女たちを見おろす
何がしまってあるかわからない
離れの二階には
幽霊が出ると噂しながら
女たちが立ち働くのは
紫のカットグラスで酒をのむ
父のため
母は古い戸棚を磨いてばかり

病院のベッドでわたしを抱きしめ
父は若死にしたけれど

もしかしたら
わたしは父の娘ではなく
美しい可能性をたくす
思い者だったのかもしれない

いとこ

髪の毛がうすくなったから
もう会えないと
久しぶりの電話であなたはいう
お互いに
連れ合いをなくしたら
一緒になろうといっていたくせに
口うつしのあめ玉の
糸ひく生暖かさが
八分の一の同じ血の流れのように

気味悪く　なつかしい

あのとき
わたしの髪についた
紅い花びらを母は見のがさず
母方のいとこは血が濃いといって
こわい眼をした

髪の毛がうすくなったあなたを
本当は　この前
デパートの地下でみてしまった
わたしはとっさにかくれたけれど
バラの新種づくりに熱中して
花のそばで夜を明かしたほどのあなたが
まるきり父親の顔して
ケーキを買っていた

髪の毛がうすくなったあなたに
やっぱり会いたくはない
わたしの白髪と
何とはない分別くささも
かくしておきたいから

京女の素性

クリーム色の髪を夜会巻きにした
気位の高い姑がいう
あそこの毛だけは白《しろ》ならしまへんえ
本当だろうか
あやしい出来ごとを予期する
いずれ　ひとり納得する日がくるだろう
（「おたのしみ」より）

過去に書いた詩の部分であるが、今は亡い姑、直《なお》のことをいまに思い出している。少々異端ではあるけれどわたしが間近で見て、いちばん強い印象を受けたまぎれもない京女としての直《なお》を。

初めて中京区の家を訪れたのはわたしが大学三年生の頃である。屋久杉の高塀の格子戸を開けると篠竹がそよいでいる。打水された石畳の通り庭を誘導されて玄関に至るまでが異様に細長く感じられた。

上京区の商家であるわたしの生家とは同じ京普請の町家でもかなりの違いがあり、とまどいを感じた。後にきいたところ、外国が本拠の商売をしていたため京都の家は直の趣味と意見を取入れて建てたとのこと。奥座敷には炉が切られた茶人の家だった。

もっともこの時わたしは奥まで通されることはなく、オモテの洋間に案内された。寄せ木細工の床にマントルピース、桐の市松天井には古風なシャンデリアが下っている。

「ようこそ、おいでやしとくりゃした」

美しい笑みをたたえて現れた着物姿の直。とつぜん近づいてきて「かわいい」と言いながらわたしを抱きしめるのだった。

「よそに預かってもろてたムスメが帰ってきてくれたようなもんどす」

などという。

彼とわたしの前に運ばれてきたのは銀器に盛られた洋菓子とイギリス製のカップに注がれた紅茶……。

「間違えはったら　あきまへんえ」

同じ赤い色をしているのに一つは紅茶で、一つはリンゴジュース……胃が不調気味な息子のために直が手でしぼったものだった。これは後になって起る出来ごとを暗示していた。直の息子への愛情の濃やまかさにおいて。

直の話題はウイットに富みウーマンリブを語るかと思えば古今集を語る。四十歳をこえる年令差にもかかわらずわたしは直を新しい女性と認識し、まぶしく眺めた。

明治維新の時、東京に行きそびれた士族の末裔と結婚した直は海を渡る。夫なる人は一九二〇年代から英国領シンガポールで、ＭＩＹＡＫＯ電気商会を営んでいたのだ。

「役に立たへんとお思いやしたら、すぐにわたしを海へ捨てとくりゃす」

京都に生まれ京都を離れたことのなかった直が言った。そうして夫と共に日本郵船テルクニマルの一等船室に乗ったのである。

大正ロマンの時代を生きた直の容姿は竹久夢二の描く女性を思わせる。けれどもなよやかな外見とはうらはらの、しんの強い女性なのだ。直がシンガポールに着いた当初は低調だったＭＩＹＡＫＯ電気商会を、彼女の助力でもり立てていく。

直が最初にしたことは京都の千總（呉服店）で絽《ろ》や紗《しゃ》から結城《ゆうき》紬などの高級な単《ひとえ》物の着物を衣裳箱いっぱいに誂えて船に積みこむことだった。常夏のシンガポールでは夏物しか必要ないのだ。直はいつもはんなりした和服姿で客に応対した。パーティのときには無理して買った宝石の装身具を髪に帯に指につけ、ブロークンでも英語を話し、チャーミングに振舞った。そうして外国の銀行の信用を得る手助けをした上、様々なアイデアと商才を発揮するようになった。

　ここに一枚のモノクローム写真がある。一九三〇年代のフォードのオープンカーに並んで乗っている英国紳士のような若い日の舅とボイルのドレープドレスを着た美しい姑、直の姿、映画のワンカットのようだ。

病院にて

夕ぐれ時の廊下
女患者たちがむらがり
青白い頬を紅潮させ
ひとしきり話しこんだ後
コワーイ　ハナシ
と口々に呟きながら去っていく

深夜のエレベーターは
ゆっくりと上下し

突然ひらいたドアから
パジャマ姿の亡霊たちが
ぞろぞろとはき出され
意外に明るく哄笑する
兄の胸部レントゲン写真には
片方の羽の破れた
大きな黒蝶がうつる
喘ぐカラスアゲハ
肺と食道に別々のガンが育つなんて
珍らしいこと！
だまし絵をみるように
わたしは止めどなく笑ってしまう

明朝
胸はＩ字形に
背中はＬ字形に

切り開かれるだろう
だから兄よ
ヤルセナイなんていわないで
今夜は思いきり
みだらな話をしよう

切穴

庭のしおり戸の向こう
めったに近よらない
古びた　うらの小屋
うす暗く　くぼんだ床には
舞台のような
切穴があり
あやかしの白いけむりが
吹き出してきそうだった

深夜
断続的なにぶい音
男「生ムトモ殺サムトモ　タダ御心ナリ」
女「イト　ウレシク思タリケリ」
女「イカガ思ユル」
男「気シクハ非ズ」
女「堪ヌベシヤ」
男「堪ヌベシ」

八百年も前の
低くささやく声が
切穴を通してきこえ
不思議な場面が
雪洞の明りに浮きあがり
ほのみえてくる

裸の背中をつき出し
柱にゆわえつけられている男
烏帽子に水干袴姿の
肩ぬぎして鞭もつ女は
八十回したたかに打ちすえた後
男をときはなち
よい酢を飲ませ
やさしくいたわる
死への願望が急に高まって
狙撃銃に向かいふらふら歩いていく人が出るのです

父はまた
ヒヨコを三羽くれた
私は私の残酷と
どうしたらうまくつきあえるか
私は同じ箱に入れた

手を入れるとクチバシでしきりにつつく
私は箱から外へ出した
ヒヨコが三羽私についてくる
野へ向いゆっくり歩いてゆく

遠くで
アンズの白い花が咲いていた

南座顔見世　夜の部

あんたが団十郎でいくにゃったら
わたしは吉右衛門でいくえ
ほれ　みとおみ
姿からして誠実そうやのに
かげりがあって
すご味があって
セリフの切れ目に口いがめはる時の
きりっとした面ざし
あれが色気いうもんやろか

「假名手本忠臣蔵」　祇園一力茶屋の場
の幕切れ
せわしないし　はよ行きまひょ
雪が降ったような濃紫の付け下げに
大胆な蘭の花のぬい取り
晴れ着買うてもらわんなんし
毎日　お店手っとうてますねん
長い廊下の赤じゅうたんの上を
夢みるようにふわふわ歩いて
幕間にいくのは　花吉兆
お酒で目のまわりをあつくしながら
おひなさんのお膳のように
ひと口で食べられるきれいなものばかり
だんだん今を遠のいていく

舞台はすでに桜満開

……月はほどなく入汐の
　煙満ちくる　小松原……
釣鐘を横目に舞う白拍子　花子の
黒地にしだれ桜の振袖が
藤色　とき色　黄色と早変り
……鐘に恨みは数々ござる……
すねる　怒る　かなしむ
二百四十年もくり返されてきた
「京鹿子娘道成寺」を観て
……言わず語らぬ　わが心
　乱れし髪の　乱るるも……
わたし
燃えさかって　男をとり殺す

巡行

二人で見たのは
応仁の乱より前の
祇園祭
新調の蟷螂山は
金と黒塗りの御所車に
草色のカマキリが乗り
鎌をもたげる

鎌は武家への手向いだと

あの人がいい
御所への手向いと
わたしがいい
いわれは知らぬまま
人波の中
なでしこ重ねの薄物の
たもとの中に手をからませる人は
うす藍色の帷子で
暑さのせいか
たたりのように
それきり別れた

千年の物語のまま
ゆるゆるとひかれる
三十一基の山鉾
ビルの並ぶ真昼の御池通に

巨大な車輪をきしませ
鉾先をゆらりかしがせ
彩りは目もあやに
ふと時をあやまる

真夜中

胸の内がかゆい
胸の外をかきむしる
なだめられない
しめった咳

電話で
真夜中のパーティーにさそわれ
スワッピング?
口走ってしまった

身体の奥深いところで
感じる微熱

真夜中のパーティーでは
スネの白い男と
ヒゲの濃い男が
抱き合って踊る
倒錯の世界では
道化でしかない普通の男に
おさえがたく咳こむ

背を向けて眠ろうとして
眠れないでいる
真夜中
月の光を感じて
狼めいてくる

皮膚の裏側にも毛が密生し
ひとり遠吠えする

二世紀
ローマの医者の診断によれば
「血管を切開し
血をぬきとればなおる」

水に入ると優しくなれる

水にはいると優しくなれる
だれにともなく笑ってしまう
温水プールは体温だ
胎児の形で浮かんでみる
少しのけぞる形で
赤ン坊を生んだ記憶がある
肩の力をぬいて　キック　キック
身体はやわらかく抱かれ
また解きはなたれ

水中ではどんなポーズも自在なのだ
潜ったまま両足でサイドをければ
意外なスピードでつき進み
まん中あたりで頭が沈むと
ふいにプールの底がぬけて
手先から垂直に深深と潜入していく
ルネサンスビル七階のプールから
どんどん下降して
ジオジオーノ
壁も床もマリンブルーの
幻想料理店
本日のおすすめは
「殺さずに食べさせるおいしいもの」

モーツアルトのダンス音楽が
ぬるい水にとけて流れる

水中仮装舞踏会
ラッコに扮した伯しゃく夫人と
アザラシに扮した大工が踊る
やにわに唇が合わされれば
息の長いほうが生き残る
必死に手足をばたつかせ
吸いとられていく生気
むらさき色になったわたしは
しかばねのポーズで浮きあがる

リラの着物

秋日和に虫干しした後
衣紋掛けにかけたまま
一夜　寝室に逗留させた
うす紫色の綸子の付け下げは
わたしの初めての着物
手描きの淡い花模様が新鮮で
一番美しく見せたい時に着たものだ
ながい間タンスの奥にねむっていた
思ったより地味なこの着物

少し色あせしたのだろうか

真夜中の部屋の隅に
しおらしく立っているのは
衣に宿る魂というものか
若いＥＩＫＯ
あるいは
来世からきたＥＩＫＯ
ひとり重みを支えながら
よそもののように立ちつくす
お久しぶりです
また例のメランコリー?

軽くたずねようとしたけれど
わたしはベッドに横たわったまま
下半身冷水にひたされるような

皮膚感覚がよみがえってくる
今の方が若やいでいるわ
近ぢか袖も通してみたい
それにしても
なまなましい別れの予感
闇にほの白く浮かびあがり
匂いたっている
リラの着物

パリ十六区

森へとつづく深い木影
邸宅街の前にひろがる芝生
夕陽にはえる真赤なゼラニュームのそばに
エレガントに装った
老婦人が静かに腰を下ろしている
等間隔に　ひとり
また　ひとり
ベンチでは若い二人がキスしていても
子供らがロバに乗ってはしゃいでいても

そ知らぬ顔で

「わたしにも若い時があったんやし……」
何回となく同じ話をくり返した
姑の細いうなじ　白い巻髪
外国航路船テルクニマルに乗った
お姑《かあ》さん
京都の外へ出たこともなかった
あなたの名セリフは
「役に立たへんとお思いやしたら　今すぐ
　わたしを海へほうりこんどくりゃす」
異国のベッドにもぐりこみ
できるだけ身体をうすくして
突然　夫に抱きつこうと待ちかまえていた
若い日の　お姑さん
あなたも見たのでしょう

パリ十六区
中世風の庭園をすかし見る
マルモッタン美術館の円形の部屋
淡い黄緑色の壁にはクロード・モネ
晩年のモネが描いた睡蓮池の
この世のものではない
透明な　青　紫　ばら色……
華やかな時間の後に訪れる
さみしい暗色の時

先走る季節

彼の自転車の後ろに横ずわり
斜めから腰抱く形で
長い髪なびかせ
草いきれのキャンパス駆けぬけた
ほんとのおもいを
あざむくために
クラスメイトには
お門違いのしっとされ
その合間にお見合いも

首すじには野バラの刺青
胸のうらには小さな潰瘍があり
どちらも　じわり
血を滲ませてはいたが
おおむねハピーフェイス
フォークダンスの輪の中

プールの底には水中掃除機が沈み
飛びこみ台さえ折りたたまれて
夏は無雑作に片づけられた
久しぶりに会うクラスメイトは
分別顔になっている
たわむれて身体にふれ合い
思わぬ弾力にしっとし
その合間のすっぱい違和感

季節が先走るので
今では
おおむねポーカーフェイス
ジャズダンスの群れの中

わたしの京都「七月」

炎天にきらめく黄金の三日月
巨大な鉾の屋根をつらぬいて
そそり立つ真木の先端は朱雀門よりも高かった
千年まえ
わたしは月鉾にあこがれていた
五十人がかりで曳かれる鉾の上で
はやしの鉦をたたきながら
鉾酔いしているだろう人をおもい
順列を離れて去った月鉾の後を追えば

すでにあとかたもなく
三日かかって組立てられた鉾が
瞬時に解体されることを知った

黒ぬりの御所車の上に草色の大カマキリが乗っている
町衆のシンボルだというカマキリが
カマを持上げるからくりが楽しくて
百年まえ
わたしは蟷螂山に夢中だった
権力へのレジスタンスだと
新しがっていたのかもしれない

今年の巡行は三十一基の山鉾
ビルの並ぶ御池通のケヤキを押分けるように
船鉾が美しい姿をあらわした時
わたしは海底の町へ招待された

胎児のころ羊水の中で呼吸していた要領で言葉をかわし
サメの泳ぐ中庭を眺めながら
お祭の御馳走をいただきましょう
ハモずし　ハモのおとし　だし巻きに赤飯
なんてなつかしい
穏やかなさざ波が黄金色にきらめき
不思議な幸福感につつまれる
ここで霊力をつけて浮上するのだ
三百年後へ

＊七月一日から一か月にわたり、祇園祭が行われる。中でも十七日の山鉾巡行は、最高潮である。

右頁上　京都東山黒谷の尼寺にて（2007年秋）
右頁下　萩原朔太郎本家（八尾市南木の本）の庭にて
　　　　前列、山田英子、三井葉子、萩原隆
　　　　後列、真継伸彦ら「楽市」同人と（2008年春）
左頁上　ラヴィーンの会で（於京都菊水）
左頁下　京都烏丸プリンス・ホテルにて（2006年11月）

跋

片影になったら

淺山泰美

「片影」という、透きとおった響きを持つ、蜻蛉の片ほうの翅のように美しい言葉があることを私が知ったのは、山田英子さんのエッセイ集『べんがら格子の向こう側』（淡交社）でのことであった。夕方、道の片側に家並みの影が見える頃を意味する言葉である。片影になったら、お帰りやっしゃー、という懐かしい母の京言葉が、行間に谺している魅惑的なこのエッセイ集の書評を、「関西文学」の編集部から依頼されたのは、二〇〇六年の秋のことだった。「京都町なか草子」というサブタイトルを持つこの本は、次のような文章で始まっている。

生まれて初めての夏に、わたしは大文字の送り火を見たという。

八月十六日の夜八時、母に抱かれて秘密の梯子段を上り、大屋根の上にある火の見に出たのだろう。そのとき漆黒の東山、如意ヶ岳に、朱赤の大の字が浮かび上がっていただろう。母の声が聞こえるようだ。

「ほれ、見とおみやす。あれが大文字さんどすえ。よーおう、見とおきやっしゃー」

送り火の洗礼を受けた赤ん坊のわたし。死者の霊を、空の彼方へ送り届ける火の色を、あどけない顔で眺めていたのか。死に向かって、ひたすら成熟していく身も知らないで。

＊

山田英子さんの訃報は、突然私のもとにもたらされた。私は耳を疑い、そして二の句がつげなかった。余りにも唐突《とうとつ》な悲しい知らせに残暑の窓が翳った。二〇〇九年の夏の終わりだった。

その葬儀は九月三日の晴天の午前中に、東山五条にある葬祭場でしめやかに執り行なわれた。葬儀会場入口には、見おぼえのある詩集が数冊、机の上に並べられていた。祭壇の夥しい花々に埋もれるようにして飾られた、山田英子さんの笑顔の遺影を前にお焼香を済ませても、それは夢の中での出来事のようで、まるで現実味がないのだった。

山田英子さんは結婚、出産、そしてお子さんの子育てを終えられてから、本格的に詩を書き始められたということを、喪主の御挨拶《あいさつ》のとき御主人の豊氏が話されていた。傍らに可愛らしいお孫さんたちの姿も見られた。

彼女は京都の良家に生まれ育ち、良き伴侶に恵まれ、又、よき詩友たちにも囲まれた、あたたかな人生を全うされたのだと思う。けれど、少しばかりその死は早過ぎた。個人的にも、これからもっとおつきあいを深めていきたいと思っていた矢先だった。残念であり、淋しくてたまらない。


生前、山田英子さんはこんなことを語っておられたと、私はあるひとから聞いた。

「私は、早くに父と死に別れたけれど、少しも淋しいと思ったことはなかったの。姉たちが私を、それはとても可愛がってくれたので」

けれど、それはたぶん違うと私は思う。この世にたった一人の父と幼くして死に別れ、淋しくない者などこの世にはあるまい。たとえ彼女が本心からそう思っていたとしても。たとえ姉たちの愛と慈しみが、彼女の魂を豊かに潤すものであったとしても。

少しも淋しくなかった、と語るのは、時には死ぬほど父が恋しかった、ということではなかろうか。そうでなければ、人は詩に心魅かれたりはしない。詩など書いたりはしない。


その日、八月三十日、母上の懐かしい声が、病床の英子さんを呼ばれたのだろう。

「片影になったら、お帰りやっしゃー」

それは、辛い闘病を強いられた彼女の耳に、どれほど優しく響いたことか。愛らしい童女に姿を変えた英子さんが、片影となったかわたれどきの京の町家の並ぶ路地の奥に、駆けていってしまった。

その姿が消えてしまった夕闇のべんがら格子のこちら側で、私たちは英子さんの書き遺したものをゆっくりと繙《ひもと》けばよいのである。夜はまだ始まったばかりである。眠るには、まだまだ早い。

言葉を書き綴《つづ》ることは、美しいことである。山田英子さんもそう信じて書き継いでこられたのであろう。それは、美しい人生のひとつの典型であると、私は思う。

私も又、父や祖父母たち、この世での御縁の深かった人々の面影や声を日々抱きしめてものを書いている。彼岸に届くようにとの願いをこめて、書きつづけている。

この一文が、今、彼岸にある山田英子さんのもとに届き、彼女が微笑んでくださることを切に願い、英子さんを愛してやまぬ方々と思いを共に、その三回忌に手向けたいと思う。

コトバの道は切れ、長で

――視線の山田英子さんへ

藤本真理子

迫り上がって緑鮮やかな「古今烏丸《ココン》」、という新装のビルを出ると、四条烏丸の大きな辻に立たされる。そこを小走りに渉った先に、その老舗のデパートはあり、ホッとそこのエスカレーターで歩を休めた時だった。すぐ前の段にいる女性《ひと》の後姿に何やら見覚えのあるような……けれどももう一つ自信のないまま二階との途切れ目に掃き出された時、躊いがちに私は声を掛けていた。

「山田さん?」

振り向いたあの御所人形のようなお顔はやはり山田英子さんであったけれど、笑顔はなく、それでも私たちはかなりの時間、立ち話をした。年下の私からお茶のお誘いも出来かねていたのだが、特に個人的なお付き合いもない私に、

「まだよくわからへんのやけど……」

と、かなり率直に病巣の検査経過をお話しされた。眉の辺りをひそませていたとは言え、色白のお膚には些かの濁りも見えず、よもやあのエスカレーターがそのままゴールデン・ステアーズに繋がっていようとは、想像だにしなかった。

けれどあの頃書かれていた山田さんの随筆には、はっきり声調の違った他者の声の残響が混じり、幾層もの空気が溶け合った分厚い空気感を漂わせた本物の文学の格調が備わりはじめていた。

京都を熟知する人の文学探訪の類は数知れないが、山田さんの言葉の糸をたぐり寄せれば、小さなかっちりした種子を釣り上げられそうな……土を迫り上がって、それは芽となり、好奇心に満ちた少女の眼でもあった。（透き見する少女）、これこそが文学へ導かれた山田英子さんの原点であったと思われる。

無数の透き間に張り巡らされた京都の町家。その時空はまさにワンダー・ランドだ。中京のアリスは「火の見」という凶凶しくも華やかな、悲劇と祭を一望に収める高楼へと通じる透き間にはまり込んでしまった。そしてそれはあくまでも禁所として在り、ごく普通の娘としての、主婦としての線上からはみ出ることなく、けれど決して手離すことなく、山田さんは暗幕の中での秘かな楽しみとしての分を通した。

誇り高い京女であるお姑さんから、生活上の細細した事柄の「ほんまもん」を厳しく仕込まれた苦労も、末娘として育った気ままさのほど良い箍となり、物を見る眼の研磨剤となったに違いない。洗練してこそ人前に出せる〝物〟としての価値を有する、という高い見識は、新鮮な野趣溢れる到来物を京女が〝荒物《あらもの》〟としてどんなに嫌うか、という山田さんのお話から改めて具体的に実感されたことだった。

「この間の戦争」と言えば、京都人にとっては応仁の乱だそうな。どんなに現代的なファッションで烏丸通りを闊歩しても、足元には無数の罠が仕掛けられている。眼力だけになった古え人の眼に、アスファルトの下から突き刺すように見つめられているような気配を感じて、鳥肌が立つこともあるが、時々隅っこに残された透き間の土から芽を出して、ほほえましい姿を晒していることもある。歴史が活活と生き続けていることは、それだけ死の息吹きを身近に感じることでもある。

古都の町中の超高層ビルにあるスイミング・スクールにも通っていた山田さんは、そのガラス張りの一室と空との遭遇を、臨場感溢れる一篇の詩に仕立てているが、その健康への志向は、執着とも言える程の切実感を湛え、何十年も継続していたヨガに対しても、「止められへん」という叫びのような痛ましさを滲ませていた。

古え人が絶えず耳元で囁いていたのだろうか。

ダビデへの恋心も、死を払拭して美の極致としての彫像に復活した若者の健康体への無条件の憧れだったに違いない。ヨーロッパ旅行で実現したその逢引を、どんな公達が嫉妬したのか。その袖の一振りの風によって攫われて行った女《ひと》は、ひと時地界でスペードの女王なら

ぬダイヤの女王として君臨したとしても、優しい夫君から贈られた宝石の数々は今は星になっているので、

「やっぱりあっちがええんよ。」

と言って黄金階段を昇って、昇って、こんなにも豪奢な書物が待っていた。山田英子さんが零し続けたコトバの金粉を守り続ける（殯《もがり》）となっている。

この一冊の中の路地のどこを歩いても、山田さんのエクリチュールは決して逃避行ではなく、自己救済などという甘えの片鱗もない、単々と追跡する視線の航路であることが心地良い。少女の透き見は、濃淡の視線も成熟し、その枝枝に楷書の果実を実らせたと言えよう。

山田英子の京都

三井葉子

山田英子さん、と呼びかけてもこちらも夢うつつ。あなたの言葉だが「まだまだ若く輝いていた」(「安西さんと京都菓子」、「楽市」14号)私たちの日々がくっきりと絵になって浮かび上るけれど。もちろん、これはあなたがひと日《ひ》、いちにちを文章に書いて置いて下さったからこそ覚えに残ることなのですが。そして私たちは書くことを黄金《きん》の矢で時を射止めることなのだと思っていました。

そして。

その通り。

あなたが死んで二年近くも経って。あなたがある日、突然居なくなってアラぁ、神隠し。

どちらが残り、どちらが逝ったのか離ればなれになってみれば。別れてみればここから先からむこう。ここからがこちら側という両方を繋ぐつぎ穂はみつからないのだけれど。

そこをこのたびは一冊に纏めました。あなたはちょうど油が乗る、というのもいかがな言い方かと思うけれど京の歴史という時間の竿先きに止まる美しいトンボ。ひとが在ることと生きることのよさを私たちに見せはじめたばかりでした。ようやく欲しかった京都に出会われたな、と私など膝を乗り入れる心地がしていた矢先でした。土地の脂があなたに乗り移るおかしさ、おもしろさ――。

出会ったものの腕《かいな》をムンズと摑んで文章に引き出す、主題は私などが考えているよりもっともっと深くて大きかったのでしょう。あちらへ引き寄せられておしまいになったのであろうと思いました。あなたの書き残しを一冊にしたかったのはあなたの言い遺しでもあり。あなたが歩かれた道筋や、やっとむこうに出会う出会いのことを後《うしろ》にいる私たちに伝えたかったのだと思い。ええ、ええ。もちろんですともと私は英子さんの夫《おっと》なるひとにも応え（彼女はふつうなら亭主、主人、連れ合い等というひとのことをいつも夫が、夫がと言われた）。いまにも纏めるような返事をしました。それなのになんなん二年近くも経って三年目の山田英子さんのご命日が近付いてきた。

山田英子さんと私はいつごろ出会っているのだろう。三十年になるかナと思ったり。「大阪文学学校」へ行ってたんですよとあるとき言われたナ。そんならそのころかナと思ったり。そのころとは一九七〇年頃。私は小野十三郎が校長の学校のチューターをしていた。そのころ学校はまだ後《のち》に流行するカルチャー・センターなどとは無縁で。ただ文学好き（?）が集まっているというふしぎな集合体であった。では山田英子さんは京都から一週に二、三回大阪に通われていたのか。そのころ、学校の修了生が集まってひらいている詩誌の中にわたしたちの詩誌「七月」も出ていて、当初十人くらいのグループだったのがあれよ、というまに五十人を数えるようなことになり。誌は隔月刊行でとどこおりなく出ていたのだった。出ると合評会をひらき。この合評会は午前中からはじまって終ると夜八時・九時というふうであった。私も若かったがそれこそみな、若かった。そんな長丁場に席を立つひとはまずいなかったし。食事どきは菓子パンやサンドイッチが出た。古い「七月」を繰っていると一九八二年二十七号に山田英子さんの同人参加を私が紹介している。このころは今も書いている以倉紘平も編集に加わっている。ちなみにいま桃谷容子基金提出の桃谷容子も同人であった。「七月」四十六号後記には山田英子詩集『火の見』が出て、十二月一日の出版記念会開催の予告が出ている。四十七号には倉橋健一が「本音と韜晦――山田英子詩集『火の見』について」を発表している。

＊

本音と韜晦――山田英子詩集『火の見』について　倉橋健一

……………

たわむれに踊れば
舞い上るほど軽く
影はみだれ
重なり合ったら影一つ

帰らなくてもいい
夜が明けたら
消えるだけ

「影」の終部。このような詩句のなかから、たとえば私には、『心中天の網島』の最後のシーンをかさねてみたりすることも可能である。〈後に響く大長寺の鐘の聲。南無三宝長き夜も〉と、ふたりが死にいそぐ夜明け前の場面。もっとも山田さんの話はそれほど深刻ではない。十年後の御所での逢いびきの今夜の約束を、子供じみた約束したものだとはにかみながら、行かずじまいも心残りで、〈影〉に行かせるというドラマの設定からはじまっている。だが、私は、約束の期日をちゃんとおぼえていて、なおかつ〈影〉に行かせるという発想に、山田さんのもつ物語り（仮構力）への資質のようなものが感じとれる気がし

た。（中略）

語り口、展開に三井葉子さんの影響が感じられるのは、これは同じ雑誌であれば、ある程度やむをえない。ただ、それを山田さんがすっかり自分のものに消化しているのもほんとうである。三井さんの詩の大きな特徴のひとつである文体的な仮構は、山田さんのばあいには、先にすこしのべたような、物語、より展開なものへの仮構となってあらわれる。それらのひとつひとつは、経験的なもの、生活的なものからからめとられ、ときにシャープなイマージュにかわる切り口がしめされるのである。

それらが、長く京都に住み、そこにはぐくまれた風景を介添にして展開されていることは云うまでもない。詩集と同名の作品「火の見」は、その集中的表現と云ってよい。火の見とは、大文字の夜と月見の夜の年二回だけ開かれる、大屋根の上の展望台のことである。成熟した女の詩集と私は呼んでおこうと思う。そこにはたえず引き裂かれる性の意識があるが、どこかにそれら全部を韜晦してしまおうという、意識的な頽唐もいりくんでいる。一筋縄ではいかない詩集といえようが、まさにそのあたりが光彩を放つところでもある。

＊

こうして山田英子さんの詩集は好評を得。彼女も活撥に詩人たちと交流した。

しかし「七月」は同人の、あるいは周辺のおとこたちのちょっとした思惑で潰れた。十年経っていた。「七月」は同人の大半がおんなだったのにナ。こうして「七月」はよんどころない理由が重なって休刊したがやがて一九八七年季刊詩誌「遅刻」を私たちは創刊している。「七月」を創刊し実に誠実に支えてきた道倉延意、堂本智子、山田英子さんらが参加している。が、やがて私たちは「遅刻」を離れ。一九九一年一月に塚本邦雄氏の励ましがあったりして「楽市」を創刊した。「楽市」には倉橋健一らも後に加わり。当初は〈市《いち》〉も賑わったが、わたしの（拒まず追わず）という自己啓発の現場では同人はさぞや苦労も多かったのではないかと思う。主人と言わず夫《おっと》と呼ぶことに固執するオンナたちが暮らした場所で山田英子さんも文学に向かったのである。山田英子さんは創刊同人としてずいぶん熱を注がれた。そこから二十年ばかりである。だから。

山田さん。あなたを語ることは共に歩いてきた道筋を語るというふうな足取りが私にはあり。つかず離れずという関係はちらちらと影のようでもあり。匂いおこせよというにふさわしいような踏み返し。踏まれ返しであったのだ。姉妹のような——彼女が前のとき。私が前を行くときというふうな足取りで。ほんとうは実はどこから物言えばいいのか。言うまえに終っているようなところがあって難かしいのである。それに加えて私たちはこれも二十年近くなる別の勉強会（！）というより食事会をひらいていて彼女はほとんど休むことなく大阪に通っていた。女同志が遠慮のない話をした。特筆すべきは彼女は京おんならしく大阪おんなのようなムクツケキ言葉使いもしなかったが、京がこのくにのミヤコであることはゆずらなかった。断固としていた。このたびのことは「ほんまにこの世はなにがあるやら分からへんのやし」と突然の体調不測を言い。でも、春ならまだ元気にものも食べていられたがあれよ、というまに。しかし、おとろえるいとまもなくあの美しい山田英子さんのままでみまかられた。私たちは呆然とし、かねて「死」に就いて山田英子が持っていた物差し（つまり生と死のあいだの）の、その艶のある重量に思い至るまで時間がかかるのだった。

前年の秋。京都の高台寺にある料亭で或るパーティーがあって、銀杏のふり積もる庭をいっしょに眺めていたが。そんな、まだご自分が病《やまい》とも気付いていられない夕方の。山田英子に在った気配の、密度のようなものを思い出す。作品がよくなるということはこんなふうにひとも引き締めるものかと私は思っていた。あのときにはもう彼女は「死」について識っていたのだ、といま。思う。重たくみのる果肉のあの水と肉の引き締まるバランスはあるとき破れ。

やがてこうして黄金の作品を私たちに滴りのように残すのである。ひかりよ、在れ、と思う。

二〇一一年　えにしだの黄にまみれたる五月に。

初出一覧

Ⅰ

普通の人々　「楽市」56号、二〇〇六年四月
ふたたび京町家から　「楽市」57号、二〇〇六年九月
桃山のゴミ捨て穴から　「楽市」58号、二〇〇六年十二月
ラクロウとキンマ　「楽市」59号、二〇〇七年四月
薔薇男　「楽市」60号、二〇〇七年八月
スイスの旅から　「楽市」61号、二〇〇七年十二月
京町家たんけん　「楽市」62号、二〇〇八年四月
賀茂祭の時代　「楽市」63号、二〇〇八年八月
この夏訪れたアラスカ　「楽市」64号、二〇〇八年十二月
医者と典薬頭　「楽市」65号、二〇〇九年四月
羅刹の女　「楽市」66号、二〇〇九年八月

Ⅱ

安西さんと京都菓子　「楽市」14号、一九九四年七月

京菓子まつり	「遅刻」3号、一九八八年十一月
わたしの京都「六月」	「楽市」3号、一九九一年七月
生まれた家	「七月」40号、一九八五年一月
いとこ	「七月」27号、一九八二年十一月
京女の素性	「楽市」31号、一九九九年一月
病院にて	「七月」48号、一九八六年五月
切穴	「七月」46号、一九八六年一月
南座顔見世　夜の部	「楽市」13号、一九九四年四月
巡行	「七月」41号、一九八五年三月
真夜中	「七月」12号、一九八四年十一月
水に入ると優しくなれる	「遅刻」2号、一九八八年七月
リラの着物	「遅刻」7号、一九九〇年五月
パリ十六区	「楽市」19号、一九九六年一月
先走る季節	「七月」38号、一九八四年九月
わたしの京都「七月」	「楽市」創刊号、一九九一年一月

著者略歴

山田英子　やまだ・えいこ

一九三六年四月十八日、京都市で生まれる。生家は京都御所（御苑）の西、二条城の北側にあり、商家風の京町家で、幕末曾祖父の起業による金属箔粉商を営む。

第二次世界大戦の末期、「学童疎開」として、丹波（京都府、亀岡市の北西）にある母の生家に寄寓する。終戦の年（一九四五年）に父が死亡、家業を兄が継ぐ。御所の西側にある私立平安女学院中学校、二条城近くの府立朱雀高等学校を経て、京都教育大学国文科卒業直後に結婚する。夫の家は御所西南角に近く、洋間のある住居専用の京町家で、他界するまで住み続ける。

子育て中、二歳ごろの長男の言葉にヒントを得て作詞した歌が、さる企業の募集したホームソングに選ばれて、團伊玖磨氏の作曲を得る。その後、大阪文学学校で講師三井葉子氏の知遇を得、以後、三井氏主宰の「七月」を経て「楽市」「いちの会」に所属する。その間、三井氏を介して故嵯峨信之、安西均氏他を、また「ガルシア」「遅刻」「螺蔓」「近江詩人会」などを介して、故大野新氏他多くの詩人、エッセイストを知り交流する。

著作としては、詩集に『火の見』（詩学社、一九八五年）、『気をおびる物たち』（淡交社、一九九〇年）、『やすらい花』（思潮社、一九九五年）、『夜のとばりの烏丸通』（思潮社、二〇〇六年）、エッセイ集に『べんがら格子の向こう側――京都町なか草子』（淡交社、二〇〇六年）がある。二〇〇九年八月三十日歿。

編集＝山田豊
〒六〇四―〇八四六　京都市中京区両替町二条下る金吹町四六八
協力＝山田兼士

わたしの京都《きょうと》

著者
山田英子《やまだえいこ》
発行者
小田久郎
発行所
株式会社　思潮社
〒一六二―〇八四二　東京都新宿区市谷砂土原町三―十五
電話〇三（三二六七）八一五三（営業）・八一四一（編集）
FAX〇三（三二六七）八一四二
印刷所
創栄図書印刷株式会社
製本所
小高製本工業株式会社
発行日
二〇一一年十月三十日